LOCUS

LOCUS

LOCUS

LOCUS

RECREATION

R69
白虎之咒前傳：王子的婚約 *TIGER'S PROMISE*

作者：柯琳・霍克（Colleen Houck）
譯者：柯清心
責任編輯：翁淑靜 美術編輯：蔡怡欣
校對：陳錦輝
法律顧問：董安丹律師、顧慕堯律師
出版者：大塊文化出版股份有限公司
台北市 10550 南京東路四段 25 號 11 樓
www.locuspublishing.com

讀者服務專線：0800-006689
TEL：(02)87123898 FAX：(02)87123897
郵撥帳號：18955675 戶名：大塊文化出版股份有限公司

總經銷：大和書報圖書股份有限公司
地址：新北市新莊區五工五路 2 號
TEL：(02) 89902588 FAX：(02) 22901658
初版一刷：2016 年 1 月
初版四刷：2019 年 3 月
定價：新台幣 150 元
Printed in Taiwan

白虎之咒 前傳

王子的婚約

tiger's promise

柯琳·霍克 COLLEEN HOUCK 著　柯清心 譯

獻給我的兄弟Mel、Andrew與Jared
他們是桌遊的勁敵
卻是我人生中，忠心耿耿的支持者

tiger's promise

目 錄

前傳　王子的婚約
11

外一章　俞瓦蘋的故事
91

外二章　阿嵐的故事
101

搶先看　《白虎之咒第五集》（摘錄）
111

附錄　深入討論《白虎之咒》系列
117

殤逝

——哈特利．柯律治（Hartley Coleridge，1796~1849，英國詩人）

她逝如晨露
在太陽高照之前；
她的人生如此短暫，連嘆息的意義
都未明瞭。

似馨香豐美的玫瑰，
被愛環繞；
亭亭而立——厄運卻悄然
逼近。

愛是她的守護天使，
愛將她交給了死亡；
若說愛是仁慈，我們何需懼怕
神聖的死亡或許更加慈悲？

前傳　王子的婚約

序　前途多舛

大部分的小女孩都會期盼父親返家的一刻，葉蘇拜則不，她一聽到宣告父親抵達的鐘聲，心頭便被恐懼緊揪，停止呼吸。

儘管如此，服侍這個家族的人，都沒發現小女孩快怕死了。大家眼中只見到一名穿著上等絲綢的小公主，她那對顏色美豔異常的紫色明眸，配上濃密烏黑的睫毛，嵌在一張瓜子臉上，任何鐵石心腸的人都會為之融化。外表看來，葉蘇拜沉靜溫婉，有若山中平靜無波的湖泊。她身上看不出一絲精明與神祕，葉蘇拜的儀態全然沒有父親的影子。

除此之外，這個家族的近侍，無人敢冒風險，私竊談論主人去世的妻子是否可能紅杏出牆。沒有人會那麼愚蠢，但他們難免做如是想。大家都在懷疑，如此邪惡的人，怎會生出如此稀世珍玉。其中疑慮最深者，莫過於葉蘇拜深愛的奶媽伊莎了。

女僕伊莎幾乎是在主人的妻子俞瓦蘋剛去世時，便被召來的。事實上，伊莎跟幫俞瓦蘋接生的產婆素來交好，但俞瓦蘋產下寶寶不久後，便不幸離世了，緊接著產婆神祕失蹤，伊莎被聘為奶娘。她與小女嬰被流放到遠方小國布里南的一座華宅裡。

布里南曾是一處和平安樂的居地，國王年紀老邁，是沒有政治野心的仁君。大部分居民都是牧人與農民，軍隊規模適足以防衛偶發的群眾滋事或酒醉鬧事。那裡曾是一處安居之地。

如今布里南被一名新的軍事將領控制了，此人就是聘用伊莎的男子。這個人心性陰毒，十分奸險。他表面上笑容可掬，對國王極為恭敬，但每次他一走近，伊莎便得拚命忍抑，不出聲地祈求神明將這惡人趕開。她的雇主是她所有認識的人當中最教她畏懼的人。

伊莎懷疑寶寶的父親對他妻子下了毒手；看他造訪育嬰房時的模樣，令她疑慮更深。伊莎常在走入房間時，發現主人滿面憎惡地俯望寶寶。伊莎只能怯懦地絞著手，半隱住身子在門口等，同時默聲祈願她深愛的小女孩不會做出激怒她父親的事。

主人離開後，伊莎便鬆了一大口氣，感謝老天讓孩子在沉睡中度過災難，可是在主人每次探訪後，伊莎發現小女孩其實早醒了，用水汪汪的眼睛瞪著父親剛才所在的地方。寶寶細小的四肢靜躺不動，身上的毯子仍緊裹著。

後來，因為寶寶的父親常出現，伊莎希望小女孩能展現出更多的感情；事實上，她經常懷疑孩子的個性是不是有問題。葉蘇拜不是無禮的孩子，她完全不會不守規矩，只是天性十分嚴謹。

葉蘇拜不像其他孩子那樣玩耍，不做白日夢或玩玩具，她只會把玩具擺到光線最好的地方展示。她極少露出笑容，雖然相貌絕美，大部分人僅當她是個漂亮娃娃。只有伊莎能感受到孩子表相之下的深沉感受。

隨著孩子長大，葉蘇拜父親也較少來訪了，他大部分時間丟下女兒一人，唯有在政壇聚會及派對時，才拉她出去。孩子的絕世美色似乎頗令父親自豪，尤其女兒的美貌又獲得國王的讚賞。葉蘇拜隨父親周旋於高官之間，甚至應父親要求牽他的手；除非別人對她說話，否則便不出聲，即使開口，也極為客氣、有教養，這位完美公主以嫻靜的天性，迷倒所有見到她的人。

葉蘇拜的父親雖然利用女兒，對她卻沒半句好話，且轉過身便盡快甩開她。女孩只有在伊莎的懷抱中，才得以放鬆肩膀，慢慢閉上美麗的眸子。伊莎將輕若羽毛的孩子抱到床上，她不只一次懷疑，葉蘇拜其實是個困陷在女孩身體裡的超齡聰明女子。

葉蘇拜八歲時，她父親異常興奮地出門遠行，眼中的精光令人生畏。伊莎暗自希望，無論他為何離開，最好就此不歸，可惜他與往常一樣又回來了，伊莎憂心地等待後果。如果主人這趟旅程順利，便會叫僕人送上一箱箱的鮮花；若是不順，就會親自來找葉蘇拜。伊莎很快就知道今天是哪一種情況了。

伊莎匆匆進入房間時，看到心愛的小女孩僵立著，呆瞪門口。女孩拉起伊莎的手輕輕握著，紫色的眼睛眨了一下、兩下，然後抬頭看著年邁的女僕，嘴角微微一揚，表示感激伊莎的到來。

葉蘇拜小心翼翼地用紫色圍巾蓋住及腰的長髮，伊莎則在已十分簡陋的房中四處張羅，把桌上堆疊的書往下挪一吋、擦掉冷水瓶上的水珠、將毯子拉平、把幾個墊枕拍鬆。

她們聽到走廊傳來沉重的靴子聲，葉蘇拜火速用圍巾蒙住臉，僅露出一對漂亮的明眸。伊莎退到房間側邊的陰影裡，咬牙準備保護孩子，又竊自希望不會有那種必要。伊莎雖希望自己能堅強地對抗邪惡，不過看到成熟的小女孩能自己應付父親時，伊莎總會鬆口氣，並因此感到罪惡。

總有一天，她心想，總有一天，我會無所畏懼地站到她身邊。

但伊莎並未無所畏懼地站到葉蘇拜身邊，至少不是立即去做。當女孩的父親走進房間，指尖爆響發出魔力時，女孩和老婦都知道，當天的造訪帶來的不會是花朵，而是荊棘。當葉蘇拜對父親行屈膝禮，按父親意思微微垂下眼簾時，他出手了——先是用蓄積在雙臂上的能量，繼之揮出老拳。

珍貴的絲綢在火焰中翻揚，成塊的壁石被炸開，撞飛到對牆上。娃娃精緻的蠟製面龐融成一堆堆的蠟液。當肢體暴力尚無法消除他的憤怒時，他終於轉向他的女兒了。

葉蘇拜勇敢地站在父親面前，平靜地低著頭；他則對想得而不可得事憤恨不已——彷彿有一名他渴望得到，卻對他不顧一屑的女子。他嫌葉蘇拜膽小怯弱，恨她不是他殷殷切盼的兒子。

他像頭狂怒的公牛，手背先往後一揚，再往前奮力甩了葉蘇拜一巴掌，葉蘇拜纖細的身體應聲飛起，掌風掀起她的面紗，撲在她的髮上。葉蘇拜重重摔在牆面，然後緩緩滑下來癱軟在地上。小女孩動也不動地躺著，破碎的軀體如被粗暴扔棄的娃娃般，了無生氣地垂掛在凹凸不平的碎石上。

伊莎發出驚叫，衝到那怪物面前，卻被折斷一條腿、掐破氣管。她兩眼發黑、渾身瘀紫。她的寶貝死了，伊莎知道自己很快將與她相會

男人走後，伊莎在一片靜謐中醒來時，痛楚刺著她的四肢，在她眼皮底下撞擊。伊莎感到有人焦急地碰觸她的手臂。是葉蘇拜，女孩還活著。

她正用溫柔的手指，輕撫她心愛的奶娘，溫暖的麻癢減緩在伊莎四肢中奔竄的痛楚。幾個小時過去了，伊莎逐漸復原，她思忖主人咆哮時所透露的玄機，想是最近無法滲透某鄰國而大發雷霆。他尖聲喊說護身符是他的，若必須克服千軍萬敵，才能逮到年輕的王子，他絕不手軟。

主人痛毆女兒，說她半分不值，跟她母親一樣沒用，像他如此強大的男人，需要一名堅毅的女子相伴。他說他真希望在俞瓦蘋為他生出這個只會哭、令人生厭的女兒前，就把她宰了。

伊莎默默躺著，葉蘇拜的療癒觸摸，讓她身體、臉上的瘀腫漸消。但漂亮臉蛋被父親戒指刮得斑斑血痕的小女孩，卻不斷啜泣著輕聲道歉，說她沒辦法幫奶媽醫治她的腿傷。沒關係的，伊莎能復原到這樣就夠了。

此後，這隻跛足總會讓伊莎提醒自己，要堅強地對抗邪惡。知道自己終究能鼓足勇氣，捍衛自己的寶貝，令伊莎頗感自豪。那天她雖然英勇，但伊莎對未來仍感充滿恐懼。主人若是知道她們沒死，會怎麼做？

在那個充滿痛苦悲傷的日子裡，伊莎恍悟兩件非常重要的事。

第一，那個做父親的會使用陰毒魔法，但這份法力不知何故遺傳給女兒了。其次，葉蘇拜的父親確實殺害他的妻子，且再度殺人亦不會手軟。伊莎以前便懷疑他是惡魔了，現在伊莎知道，他能幹出更可怕的事。更可怕許多的事。

1　面紗

我坐在鏡前讓伊莎幫我梳理頭髮，自己則一邊撥弄剛剛插好的黃花花瓣。父親成功參與一場活動回來，這次活動為他廣闢財源，只可惜人民或國王連一枚金幣、一頭肥羊，甚至連珍貴的布匹都看不到。是的，因為只有父親身邊的支持者──那些與他同樣卑鄙、狡詐與腐敗的人，才能從他的剝削行為中分一杯羹。

當然了，沒有人能像他那樣壞事做絕。事實上，我若將那些好色之徒的作為，與家父的違法亂紀一一相比，他們全都遠遠不如。我很久前便不再細數有多少人死於家父的殘暴手段了。若不是為了伊莎，我幾年前便早已悄悄消失了。

可惜我的法術僅能施用在自己身上，並在這些年為伊莎稍做治療──這是我們小心保密的一項技能。我們都知道，萬一父親發現我竟然擁有一絲他的異能，兩人便會萬劫不復，所以我們只能等待適當時機使用法術。可是我們身邊隨時有守衛全心監視，他們都知道失職會有什麼後果。在現況改變之前，我們只能困坐愁城。

我向來十分謹慎、警惕，父親回來後，我又更加小心了。十六歲生日那天，布里南國王要求我出席慶典，父親相當鄙視仁慈的國王，我雖感激國王貼心邀請，卻緊張到胃部揪結。

慶典的消息宣布時，我心中十分害怕，因為參加活動時須挽住父親的手，我對之深惡痛絕；

更糟的是，待在他邊十分危險。不過能以到皇宮參加盛會，為自己的生日留做紀念，是十分難能可貴的，所以我還是相當期待，尤其可能趁機參訪國王著名的花園。

伊莎宣布我的頭髮弄好了，她巧妙地將我大部分的髮量披垂在我的背上，將幾束別到我的頭冠上，並以細碎的珠寶點綴於髮束間。我按父親的意思，穿上華麗但不失俗豔的絲衣，然後請伊莎做檢視。

她咂舌誇道：「我的小葉蘇拜，妳自小就漂亮，但如今成為令人屏息的年輕美女了。」

我從她手中接過薄紗，繞過背部，仔細包住頭髮，然後對她悽淡一笑：「妳知道我多麼希望自己能長得醜些，美貌只會引起他更多注意。」

伊莎用夾子將面紗別住後，反駁說：「他是想利用妳的美貌，而不是注意妳。」

「也許吧。」我用透明金紗的下半段遮臉，這時我胃部抽痛，表示某個有強大能量的人就在近處。我說：「他快來了，妳趕緊躲進衣櫥裡。」

「是的，小姐。」伊莎用柔軟多皺的手捧住我的臉，「今晚要注意安全。」

我拍拍她的手臂，「妳也是。」

伊莎迅速轉身，帶著梳子踱足離去。她身形胖大，又瘸了腿，走起路卻靜悄無聲。這是我們被逼出來的本領；就算是豎耳聆聽，也無法感知道伊莎的存在。伊莎在衣櫥裡可以看到我與父親的互動；但我嚴格要求她，無論發生什麼事，都不許干預。

反正他不太可能在我們覲見國王前對我施虐，就算他動手，我還是可以自我療癒，雖然我醫治伊莎傷勢的能力有限。我若能敞然地修習法力，或許能力可以升級，而真正地幫上忙。

我咬緊牙關，在大門打開的剎那間垂下雙眼。父親帶著副手哈札里進房，此人與父親一樣凶殘，且相貌醜陋。我定立原地，在哈札里關上背後的門時，強忍著不退縮，能量在我體內震盪，我刻意放鬆自己的四肢。

「妳那個懶女僕呢？」父親羅克什立即質問。「她有個壞習慣，讓妳獨處太久。」

「我從未真正獨處過，父親。」我輕聲說，感覺他不悅地蹙起眉頭。我一時心直口快，失之魯莽，於是旋即又說：「而且父親的手下中，誰有膽子對我心懷不軌。連遠方的人都能感受到您強大的影響力。」

父親緊盯我片刻後，決定不細究我的說詞。「本來就該如此，」他不耐煩地說。

「或許是我太性急了。」我很快地說：「我讓伊莎早早去睡了，她身體不適，我不想被感染，免得去見過國王時流鼻水、紅著鼻子。」

父親嘟囔一聲，對伊莎的事已不感興趣。父親最痛恨弱者，看見弱者便十分厭惡。我所知道的父親從不生病，但戰士若敢在他身邊咳嗽，便被立即調走。父親的痛恨生病對我十分有利，但我知道父親太聰明，自己不能再玩這種花招。

父親繞著我走，大剌剌地欣賞我的打扮，雖然我看到哈札里露出一嘴發黑的爛牙，用淫穢的目光瞄我時——這種事他只敢背著父親做——握緊了雙手，但我很快鬆開手指，撫平自己的裙子，以免父親看出我的害怕或緊張，他最愛引起別人畏懼，就連哈札里在父親環繞我時，臉上也不敢有表情。

父親說：「妳穿得還算恰當。不過妳知道我喜歡淡紫多過金色，淡紫能突顯妳的眼睛。」他抬起我的下巴，我乖巧地抬眼直視他。

「下回參加慶典時，我會記住您的喜好。」我恭謹地說，但不能太過，以免父親嫌我太懦弱。我們都知道，不太可能再受到皇家邀請了。

父親就像一頭獵食的野獸，對方若勇於與他相抗，他尚能有惺惺相惜之心，他若認為對方太過懦弱，便二話不說地摧毀他。為免淪入父親的虎口，最好的辦法就是不留痕跡地，如鬼魂般在空間中飄移。

十歲時，我發現自己有隱形的能力。一開始我並不清楚發生什麼事，門外靴子的重踩聲令我心驚肉跳，僵在原地，伊莎火迅衝進我的寢室，從旁奔過，整理本已潔淨到毫無灰塵的房間。父親喜歡他的財物跟人員——即使是人，對他而言也是一種財物——在他想找時，隨時就定位。

伊莎的惶恐是多餘了，因為門一直沒開。她向外窺探，跟守衛講了幾句話後將門關上。之後伊莎開始喊我的名字。「拜兒？葉蘇拜？妳在哪裡？現在可以出來了，妳父親走了，他們只是在換守衛而已。」

「我……我就在這裡。」我輕聲答道。

「拜兒？妳在哪裡？我看不見妳。」

「伊莎？」我擔心地踏向前，伸手搭住她的手臂，她發出驚慌的尖叫，連忙試著撫摸的我手與臉。

她說：「一定是魔法，妳把自己變隱形了，妳能變回來嗎？」

「不知道。」我答道，胸口驚跳不已。

「試著淨空心情，想點不具意義的事。」

「諸如什麼？」

伊莎看著一箱箱從市場買來，讓我擺插的鮮花——這是父親容許我做的一件樂事。我捧起一朵朵賞心悅目的蓓蕾，想像花兒在陽光下怒放，枝葉伸向天際的模樣，雖然送來的花多是人工培育而成。緩緩凋零的花朵，很能呼應我的心境，且極富預示性。

我從小就常常想到，自己不知何時凋亡，我將被棄置於閨房中，得不到滋養，也永遠無法體會陽光灑在臉上的感覺。我雖僅能自由地逛逛市集，暫時逃離囚居的閨房，卻是我所珍惜的。

「想出妳能想到的每一種花。」伊莎打斷我的思緒說。

「我試試。」我潤著唇開始想，「茉莉、蓮花、金盞花、向日葵……」

「就是那樣，開始發揮效用了，我可以瞧見妳了，可是光線像穿透遊魂似地穿過妳。」

「木蘭、大理花、蘭花、菊花……」

「再來一點。」

「水仙、杜鵑、不凋花、鐵線蓮、粉撲花……」

「好了，妳完全恢復了，妳覺得還好嗎？」

「我覺得很好，我並不覺得自己用過魔法。」

「咱們趁妳父親不在時練習，妳一定要學會控制這個本領，拜兒。」

於是我們勤加練習。等父親在短短四個月後又回來時，我已能輕鬆自如地隱形了，但我們雖一再試驗，我還是無法把這份異能傳遞給伊莎或與她分享。不久我們便放棄這項令人歡欣的新技能了，因為我拒絕離開我那白費了許多時間與淚水，力勸我棄她而逃的奶娘。最後我們決定不能冒險讓這項異能曝光，因此我大部分時間，仍舊跟以前一樣待在房中。

接下來幾年，我僅在罕見的幾次狀況下，施用新發現的魔力。一次是為了躲避幾名膽敢違逆父親命令的手下對我的侵擾。這些人即便在我少女時期，便會背著父親，對我露出淫蕩的目光，或沒事掐我一把。他們警告我，若告發他們的行徑，便要伊莎好看。等我逐漸出落成美麗的女人後，他們更是經常威脅，並苦尋我落單的機會。

有一回，一名守衛逮到我落單，我逃入隔壁房間，用意念讓自己消失。雖然他懷疑我耍計謀騙他，但卻不敢告訴父親，因為如此一來，他就得解釋自己為何闖入我閨房裡了。

那次之後，我施過幾次法力，去探查守衛的狀況或偷些蜜餞送伊莎，但伊莎覺得過於冒險。為了讓她開心，除非絕對必要，我便不再使用魔力了。感謝伊莎的戒慎與自己的異能，使我能避開除了父親，其他所有對我的傷害。父親若是發現我有異能，危險自不待言，因此我只能默默忍受他的暴虐。

此刻在父親環視下，我雖然極想消失，但仍對他僵笑，並堅定自己的決心。在衣裙嗖嗖的擺動聲中，我們穿過門口走下寬廊，哈札里默默跟在我們後面，也就是說，他今晚會是我的私人護衛。

我攀入國王派來的華麗馬車中，感染慶典的氛圍，我的感官因興奮而異常活躍，雖然與父親同處，但難得能見識居家圍牆外的世界，我決定好好享受，記住每個影像與聲音。我不自覺地露出笑容，父親注意到了。

「妳看起來很像妳母親與我初見面時的樣子。」

我斂去笑容，代之以漠然的神色，然後等簾子拉起後才轉向他。「她很美。」我淡淡地說，既非詢問，亦非攀談，只是陳述一件既知的事實。我很久前便發現，在父親想聽時才回答會更輕鬆安全，但即使如此，還是盡可能委婉地少說為妙，且不能說謊，否則父親輕易便能拆穿我。

「是的，她確實漂亮。」他答道，「可惜……」他靠向前，「可惜她不在了。」

我明白父親的意思，他希望今晚有男人來討好我，他會仔細監視我的一舉一動。「我懂了，父親。」我垂下眼神，放在腿上的手輕輕握緊。

說罷父親不再理我，逕自與哈札里談話，哈札里坐得實在太近了。我透過層層絲綢，仍能感覺他的大腿貼住我的，且不時故意往我這邊擠靠。我不想理他，便挨近窗口，偷偷瞥著正在路經的城市風景。

全城燈火通明，馬匹繞過轉角，皇宮便映入眼簾了。皇宮雄踞在山丘頂處，可環視周圍的城市，建物再過去是森林、一大片湖泊，以及禦敵的連綿山丘。宏偉的城堡全部以大理石及花崗岩打造，有各種高塔、炮塔與陽台，可以探索的地方太多了，可惜我永遠得不到那種機會。

我們朝三道拱門中的第一道馳去，每道拱門兩側各立著一尊守護者的大理石雕，拱門便以其命名。第一道叫猴門的拱門是兩隻巨大的猴雕。接著是Bagh Pol或「雙虎門」，看到一對張揚舞爪的守護虎，令我膽寒。

最後一道是Hathi Pol或稱「象門」，每邊各立著一頭與實體大小相同，象鼻高揚，突著巨大長牙的石雕象。雖然看不出痕跡，但我知道象鬥過去的一大片空地，是用來鬥象的——這是父親提倡的恐怖新式比賽。他說要以鬥象評估哪些象最壯實，勝者便納入他的麾下。

我知道他為了刺激大家興奮，鼓勵不要篩去參賽者中的弱者，雖然他自己一定會那麼做。舉行鬥象時，象隻被餵食鴉片，使牠們比平時更狂暴。鬥象會吸引最嗜血的人、最凶殘冷血的戰士，他們冀望能從戰鬥與別人的痛苦中獲利。簡言之，這是父親用來招覽麾下的手段。

然而為了這場盛會，搏鬥與鮮血都被撤淨了。成千上萬的燈火與數百名仕女的繽紛禮服，將皇宮烘托得璀璨生光，她們穿戴晶亮的珠寶，在走道上款擺而行，彷佛她們是風景中搖曳生姿的花朵。

燈火在宮內牆上的畫作、彩色玻璃、大理石與鏡子上映跳。生動的壁畫描述先王們顯赫的戰功。每個房間、走廊、每個開放的露台，都是建築的傑作，每個角落都張顯出王國的財富——從異域蒐羅而來的珍貴花瓶、委託大師完成的藝術品，以及美到令我想以指尖撫觸的精緻雕刻。

除了宮內的雕梁畫棟外，還有一樣我最想看的東西——位處皇宮最高處的知名花園。我知道父親不會想造訪這種地方，花園裡沒有朝臣、外交人員，沒有政治戰略，但我覺得，若能看一眼傳說中的花園，我便能將景致收入記憶，在漫長孤寂的歲月裡回味了。

可惜我在杜爾迦女神的大理石雕前逗留稍久，父親用力拽住我的手臂，緊捏我的手腕，直到血液在手中鼓脹。我們默默前行，遇見一對父親想交談的夫婦才停步。

他終於放開我的手腕了，我抽回手悄悄擺動，直至手指恢復知覺。然而我只僅能暫喘口氣而已，不久我們來到國王的接待室——一間裝飾著許多燈籠與花草的地方，感覺有若進入繁星滿天的小森林裡。

父親帶我一一會見眾人，我忍不住發現，幾乎每位迎上來的男子都在評估我。其中一位甚至貿然伸手想揭去我的面紗，但他的手立即垂下，開始嗆咳，口中大量噴水，極不自然。男子連忙逃開，我不確定此人後來是否活命。

「走吧，葉蘇拜。」父親緊扣住我的手臂命令道。「我得跟國王談一談，看看妳的出現，為何招來這麼多……不必要的興趣。」

在等候與國王會晤時，父親神色自若地將他的不耐煩，移轉成我痠痛手臂上的瘀痕。羅克什大剌剌地盯著國王的金色皇座，有人看向他時，便露出恭順的眼神，等別人轉過頭，又盤算起來。

終於輪到我們晉見了。老國王和藹地對我笑了笑，開心地撫掌說：

「羅克什，沙場的大英雄！我們的軍隊都還好吧？」聽國王的語氣，對慶典的興趣顯然高過對父親的回應。

父親僵硬地行禮，低聲答道：「偉大的陛下，敵軍忌憚您的皇威而退兵了。」

「很好，」國王虛應說。「好了，你大概不明白我為何要安排這次盛宴，且特意邀請令嬡參加。」

「我是……很好奇。」羅克什答道。

「啊，我的天才朋友，我很高興，如果我真的沒讓你和所有駐派宮裡的間諜探知這項祕密，那麼我真的達成多數人做不到的壯舉——瞞過欺騙大師了。你一踏入我的王國就走運了，羅克什。」

「屬下也如此認為，陛下。」

「當然。」

「您可否分享您的祕密了。」

國王咯咯笑道：「是的，我的祕密。」國王拍拍父親肩頭，父親很討厭這種動作。「我的朋友，你知道我膝下無子，而你又是本國當仁不讓的第二領袖。」

父親笑了——一個狡猾，令我懼寒到骨子裡的表情，但容易受騙的國王顯然無法會意。坐在王座上的男子，懷裡抱著一頭喬裝成忠狗的豺狼，他的新寵很快便會翻臉將他吞了。

「您過獎了。」羅克什說。

「毫不為過，我的任何讚譽皆名副其實。好了，我一直很仔細地研究你對其他邦國的軍事行動與襲擊。」

「哦？」父親說。

「沒錯，我很感激你努力透過外交與談判擴張本國疆界，或……」國王傾身向前壓低聲說：「透過威脅。」

我覺得他的話更像是同謀、對質與恐嚇。

國王接著說：「所以我也親自做了些談判。」

羅克什握在我臂上的手上傳出一陣陣灼燒的痛波，我可以真切感受到他指尖鼓脹的怒氣。

「您做了什麼？」父親態度一變，輕鬆問道，我知道那幾個字底下真正的威脅，但國王當然毫無所悉。

他愉快地宣布：「我邀請附近邦國最有力的幾位人士，並答應……」國王揚起眉毛，快速地輪番看著我們，「誰提出的條件最好，就能娶你的女兒，美麗的葉蘇拜為妻。」

2 展示

我氣一哽，渾身僵凍，慌急下，還以為自己會消失掉。國王的眼神在我與父親之間遊走，想評估我們的反應。幸好面紗模糊了我瞬間掩去的震驚，父親原本緊握著我的手，更加用力，但他表情紋風不動，勉強對國王一笑。

「這事您籌劃多久了，陛下？」父親客氣地詢問，雖然我看出他氣到快沸騰了。我的胃部揪痛，這表示父親羅克什正在匯集周身的能量。我感覺他身上射出前所未有的強烈力道，幾乎可以感知他體中的黑暗力量在翻攪沸騰，像即將爆發的火山般漲升。我很訝異他竟還能壓抑得住。

「噢，至少有幾個星期了吧，我必須承認，各方反應很不錯。許多有力人士的利益似乎受到損害，因此我極力煽動他們娶我這位惡名在外的軍事顧問的女兒。我的朋友，這麼多的人，便是衝著雙方名譽，以及你打著我國名號發動的襲擊而來的。當然還有傳說中，妳那傾國傾城的容貌了，我親愛的。」

國王最後那句話意在讚美，卻令我心寒，我知道沒有什麼能說服父親將我嫁掉，即使是嫁給能讓他獲得巨大利益的男人。事實上，我屬於他，父親無意放我走，這些年他已經說得很明白了。

父親終於開口，對國王狡笑說：「我們何其榮幸，能為皇家效力，小女……深感榮寵，能見到您邀請至我們布里南的追求者。」

我發現他提到布里南時，用的是「我們」。父親的回答令我震驚，他竟然未能客氣圓滑地推掉國王的提議，不知他葫蘆裡在賣什麼膏藥。

他大可表示我年紀尚小，自從我親愛的母親過世後，我是唯一能掌管家務的女性，國王這樣天真的人，應該輕易便會相信，或者父親可以推說時機還不恰當。就連我都能想出一打婉拒國王的理由。

也許父親只是不想令國王難堪，或許此事大出意料，父親還未想出別的對策吧。我冒險地瞄了站在身邊的父親一眼，他已再度恢復從容自持，正逐一與人打交道。我剛才感受的黑暗能量已經退去，被他掩飾得一滴不露了。

我雖然不敢抱希望，卻忍不住期待國王的提議能夠實現。就算是嫁給慶典中最惡質的男子，也勝過留在父親身邊。只要在安全防護上逮到一點閃失，藉著些許的放鬆、一點的信任，我就能帶著伊莎逃走了。說不定國王的驚人提議，會是我的解脫之道。

國王立即宣布，邀父親與我同他站到台上。

「各位好友！請聚過來。各位都知道，本王膝下無子，王室沒有繼承人，但那不表示本國欠缺人才。事實上，我這位絕頂聰明，又忠心耿耿的軍事顧問有個姿色賽過女神的女兒，他難能可貴地給本王機會，讓我如同嫁親生女兒般地嫁掉這孩子。

「我們要的是聯姻與門當戶對，她當然希望能找到適當的郎君，但這不僅是兩人的結合，更是國家、權力與財富的結合。來吧！請仔細看，她嫻淑典雅，無可挑剔；天真爛漫又年輕，男人可將她塑造成最適合自己、最無法匹敵的賢妻。」

國王站起來繞著我走，父親不甚情願地鬆開我的手。被如此展示實在令人難堪，但更慘的是，萬一父親把國王的行為怪罪到我頭上，他不僅會痛揍我，而且還因此無法離城，因為我的未來尚不明確。

國王得意地望著眾人，繼續誇張地說著，每句話都惹得群眾更加興奮。「我從未見過如此絕色女子，她是難得的珍寶，我知道，因為我是少數幾位有幸見到她掀下面紗的人。」

父親聞言低頭瞄我，眼中射出利刃般的銳光。他很久前便堅持要我在公開場合戴面紗了，我也一向遵行不違。國王從未有機會見到我的面容，至少我不認為他有，我只在自己的房中才撤掉面紗。

「我的朋友，我必須坦承，」國王拍拍父親的背。「有天我經過貴府，從打開的窗口見到了令嬡，真是月照芙蓉啊，我為她的美貌傾倒。」

我心頭一沉，我一向小心避開外界，但數月前某個月圓之夜，我無法入眠，因天氣溽熱，便悄悄來到窗邊，讓微風與清冷的月光拂掠我燙熱的肌膚。國王一定就是在那時見到我。

這會兒拜國王的坦承之賜，我一定會被遷離，再也看不到花朵了，因為以後不會再有窗戶了。伊莎與我將被安置在一處四面環牆，不見天日，沒有新鮮空氣，無法瞥見外界的牢籠裡。

我灰心已極，心不在焉地聽國王說話。「我雖然老了，」他說：「但連我都震懾於她的美。我的軍事顧問多年來將她藏在身邊，但如此佳麗，豈可自絕於外，因此今晚我給各位的禮物，便是請各位享受皇宮的招待，大啖花園中美味多汁的水果，並感受我國女性的溫婉。」

直到國王站在我的背後，我才知道他打算做什麼。國王笨拙地拉扯我的面紗，把面紗從我臉上揭去。我被髮上的夾子扯得好痛，幾綹烏黑的長髮隨著金色面紗掉落下來。我覺得被赤裸裸地曝露在眾人面前，但我昂首挺立，本能地知道此時不該畏縮。

不知為何，父親竟容許這樣的事情發生。也許是為了給我教訓或懲罰我吧。無論理由為何，我覺得有必要保護自己，想獲得父親的保護，只有一個辦法，於是我挺起肩，收斂表情，垂下雙眼。

國王伸手抬起我的下巴，讓我抬頭面對眾人。「讓他們都看見妳，親愛的。」

我客氣地對他一笑，然後環視望著我的人群，聽到幾聲驚喘，有些男人露出淫蕩的目光，還有幾名女子滿臉妒意地瞪著我，其他人則面露同情，或冷冷地打量、評估我。無論人們心中是何反應，但似乎人人都在看我。

我只找到一個例外。一名男子站在後方仔細端詳杜爾迦女神的雕像，他手中盤子裝滿食物，背對眾人吃著，對國王的宣布絲毫不感興趣。

男子十分年輕，也許僅比我大幾歲，穿著鑲金邊的黑外套，襯出健碩的肩膀與窄腰。他濃密及肩的頭髮尾端捲曲著，我很訝異自己竟想一睹他的面貌。此人為何出席盛宴，又為何置身事外？或許他並不想娶新娘？男子碰觸到我稍早觸摸的女神之手時，我的好奇心更重了。他是誰啊？

「瞧，我跟各位說過她很美吧？」國王公然問道。

「令人屏息。」近處一名男子喃喃說，一邊挑逗地對著我笑。

「相當漂亮。」一名年紀較大的男人也說，他走上前，對父親自我介紹，並與國王套交情。此人似乎頗善良，也許他會自薦當新郎。

我從不敢奢望自己能有機會嫁給年輕英俊的人──一名我會愛上並信任的男子。就目的性而言，年長的男人或許是更好的選擇，較易脫逃。當這位年長的男士望向我時，我怯怯地對他微笑。

父親忙到沒看見，哈札里卻瞧見了，我知道稍後他會跟我算帳，但也許靠幾個審慎的微笑及佯裝的興趣，便能為自己解套了。當國王正式為我介紹老蘇丹時，我勇敢地問他能否與我共享盤中的食物。

蘇丹很開心，讓我挽住他的手，送我到餐枱邊。國王滿臉驕傲地看著，我不敢去看父親，討厭的哈札里緊跟在後。

「請別介意我的守衛哈札里，家父十分溺愛我，非確保我的安全不可。」我說。

「那是當然的，我可以理解。」一身華服的蘇丹答道。當他幫我盛盤時，蘇丹問：「妳會喜歡住在海邊嗎？」

「您住孟買嗎？」我留意地問。

「不，我住在海邊城市馬馬拉普拉姆。妳知道我的城市嗎？」

「老實說我並不知道。」

「我們的城裡有繁忙的碼頭，與許多遠處的地區做貿易，有幾位工匠與雕刻師幫忙打造華麗的廟宇，或許妳會想來參訪。」

「狄范南，她不會想住在有粗魯船員的城市，她屬於美麗的城市。小姐，請容我介紹自己，我叫維寬・斐賴。」

「你不過區區一名商人！你的頭銜是買來的，我身上流的可是皇家血統！」

「你年紀太大，她需要一位說話不需旁人協助的新郎。」

「放肆！請別理會他的無禮，親愛的，像妳這樣天真年輕的小姐，不該受這種無禮的對待。」

「問題就在她很年輕，我才更適合她，而且我能帶給妳財富，沒有商隊比我的更會賺錢。」

「你手頭或許有很多錢，但你別忘了，我手下有艦隊，與我國聯盟，才是更明智的決定。」

「咱們走著瞧！」

「沒錯，我們走著瞧！」

蓄著垂鬚的年輕男子丟下我們揚長而去，我覺得好慶幸，但他並不是第一位或最後一位打斷我們的人。一小群男人環繞我們，博取我的注意，大談自己的財富、土地、頭銜，有幾位還談到自己的容貌，只求我相嫁，這實在令人應接不暇。我勉強從與蘇丹共享的盤子上拿起的食物，不久便在我口中變成灰，因為有人抓住我的胳膊，用力把我從男人圈中拖開。

「各位，小女一會兒就回來，請讓我私下跟她談幾句話。」

父親牢牢抓住我的手，臉上表情怪異，顯然被整件事搞得很煩，對這些爭搶的男人厭惡已極。同時他的眼神閃著一股莫名的興奮，令我看了膽寒。

他對一名經過的人點點頭，等我們獨處後，才低聲說道：「國王很慷慨，」語氣頗為嘲諷。

「邀我們留宿，妳住到婦女專屬的翼樓。國王跟貴賓道過晚安後，哈札里會送妳到最外邊的門。妳切記謹守分寸，明早我會叫妳來，我若發現妳有任何不軌、不恰當或做出任何我討厭的事，伊莎就有得受。聽明白了嗎？」

「明白了，父親。」

「很好，把妳的臉遮上，這裡的男人今晚瞧夠妳了。」

「是。」

我立即別上面紗，父親滿意之後，又將我獨自丟給哈札里。哈札里在我耳邊激動地說：「妳以為可以趁機離開是吧，可惜妳哪兒都去不成，我看到妳像國王的寵兒似地大搖大擺到處走動，但我們都清楚，妳不過是個玩物，一個壞了的小娃娃。」

哈札里斗膽摸向我的臂膀，我身體一僵，沒說什麼。「我知道其他男人不知道的事，妳喜歡挨揍，等哪天妳父親沒小心監視，我再讓妳知道該怎麼玩。」

幸好此時另一名追求者挨上來，哈札里往後退開。之後我整晚忙著挽住各個男子的手臂，每個人都設法博取我的青睞，雖然我們都知道決定權在國王與父親手中，而不是我。我若能選擇，倒是願意跟著狄范南，想到伊莎與我能乘船遁失在遙遠的國度裡，便心嚮往之。

那晚我瞥見默默在廳中漫步的陌生男子好幾次，此人必定是位戰士，他健壯的體魄與舉手投足，在在顯示出這一點。有一回端著水果切盤的女僕絆到腳，男子不僅接住盤子，還扶女僕站穩。他在那一瞬間轉過身，我倒抽口氣，他是我這輩子見過最帥的男人。

我再次挽著狄范南，小心翼翼地探問：「那位年輕人是誰？就是穿黑衣站在那邊的那位？」

「哪邊？」

「正在跟維寬．斐賴說話的那位。」我低聲喃喃說。

「噢，那是羅札朗的次子。」

「羅札朗？」我追問道。

「是的，他哥哥才是王位繼承人，所以他不是好的婚配對象，如果妳是指這點的話。我並不訝異妳打探他，他年紀輕，像妳這樣的女孩，應該覺得他很有魅力。」

我很快地拍了拍馬哈巴里普蘭王的手臂，對他保證：「一點都不會，我問純粹是因為沒人跟我介紹過他罷了。」

「他不太可能搶在他兄長之前結婚，也許他到這兒是來幫他哥哥說媒的。」

「說這話還太早，何況像我這麼年輕的女生，或許更適合嫁給知情達理的長者，協助我度過多愁善感的青春，您同意嗎？」

他放聲大笑，他很樂意聽到我提到他的城市，並為我介紹幾位他的盟友。

盛宴終於結束，留宿皇宮的賓客被送到各房間休息。哈札里與我尾隨女僕背後，由她帶我們走過一連串長廊。夜深了，圓月柔光輕灑，我們向前行進，每隔幾呎，便有一道拱門透著輕緩的夜風拂在我的裙上。

我們來到雕工繁複的雙扇門前，女僕行禮後將門打開，示意要我進去。哈札里瞇著眼睛警告，但沒說話。等大門在我背後關上，將父親的手下封在門外後，我鬆口大氣，然後尾隨女僕。

她帶我來到一間有張大床的寬敞寢間，浴缸已放好水，女僕留下來服侍我，睡袍事先都準備好了，等我打點完畢後，僕人才離去，留下我一人真正的獨處。我不知道明早太陽升起時會發生什麼事，但此時此刻，我並無危險。

我雖疲累，卻無法入眠，我起床走到陽台上。月兒沉得更深了，但我猜就寢時間才過一個小時。微風送來茉莉花香，我聽見清晰的水流聲，一連串腳步聲從我的陽台上方踏去，我突然明白，國王的空中花園可能僅在幾步路外。

我四下張望，讓自己隱形，然後就著月光，邁步沒入黑暗裡。

3 羞紅

我循著水聲，靜悄悄地攀上階梯。侍衛守在欄杆邊，壓根沒往我的方向看過來。腳底下的粗砂與吹在膚上的微風，令人神清氣爽，我心跳加速地來到守衛們所站的同一層樓面，然後稍事摸索，在離第一道階梯尾端不遠處，找到另一道台階。樓梯一旁的牆頂上，有水瀑傾流，我知道水瀑必然是從空中花園流過來的，於是我進一步攀高。

我在寢室上方三層樓處的寬敞陽台上駐足，俯望月光下的城市。入夜後，大多數燈籠已經熄滅，但城中建物四周仍有不少火炬、火堆與燭火，它們在底下幽黑的建築中看來宛若閃爍的螢火。景色美則美矣，但我想看的是別的。

我靜靜繞過走廊，已看不到其他階梯，倒是見著幾扇門。我緊張地用手貼住門扇，豎耳靜聽，然後再將門推開。第一道門後是往下的樓梯，第二道後面有各式武器——箭、弓、盾與矛。第三道門最沉重，打開時還發出嘎吱巨響，我當即一愣，希望沒被人聽見。

等確定沒有咚咚的踩靴聲朝我奔來後，我溜進漆黑的門口，找到另一道往上的階梯。我遲疑了一下，怕自己迷路回不來，但一睹花園的渴望驅策我前進，我一階階踏著梯子，最後來到一條通道的尾端。月光、水流與花香呼喚我前行。

我匆匆奔向前，穿過拱門，進入一座天堂花園。若在白日，花園必然令人屏息，但入夜後，僅在群星與月光映照下的花園，更加如夢似幻。每處幽微的壁龕，都傾吐著祕密，等待我去採掘。

據傳國王就是在精心修剪的步道上，在婆娑的綠蔭下，追求他已逝的妻子，不難想像一對戀人穿梭樹下，隱匿幽會的情形。

我深入花園，看到厚實的石柱在上方撐起如戲院台階般的層層花草，左邊是層疊的梯台，上面攀著小巧的藤蔓，右邊是精美的千花百草，以及通往下方其他樓層的一道道拱門。

每處梯台上都有雕塑、涓流的噴泉、垂掛的植物，甚至以綠樹修剪成的樹雕。雖然沒有火炬照耀，但穿透綠蔭的月光足以讓我看清細節。

一條石道環繞整片花園，走道邊新近翻過的土壤看來十分黑沃，我蹲下來把手壓在鬆軟的土上，我雖摸不到支撐沉重土壤的石塊，但從樹的大小判斷，最粗的樹幹比我的身長還寬，支撐這座花園的天花板必然非常厚實，也許超過二十呎。

花園中央有座宏偉的大噴泉，我花了近一個小時的時間，撫觸噴泉旁邊的雕像與泉水。我好奇地循水流而行，想必有一連串溝渠，將數十座水塔聚積的河水，引至花園的頂端。所有梯台都微傾著，讓水順坡流洩，灌溉整座花園。花園中未利用到的水，便從建物一側的流瀑引回河中。設計可謂鬼斧神工。

巨樹茂然昂立，高過建築的牆圍，令我有種置身山巔之感。我檢視被夜露濡溼的新生嫩苗，摘下一小朵蓓蕾掖到耳後，然後欣賞園丁剛栽種的新植物。

樹葉在溫暖夜風的掀撫下起舞喟嘆，彷若活物。葉片的沙響聲搔弄我的感官，我穿過層層疊疊的迷宮，浸淫在各式無可挑剔、結實累累的果林裡。

果林後方有一小片長青的草地——青翠的草地是享用午餐的最佳野餐處。若能在樹蔭下享用餐點，伴隨淙淙的噴泉與城景，不知有多麼浪漫。我躺在草地上以雙手枕住頭，仰望夜空無數的星群，覺得自己何其有幸。或許不久之後，我會從載著伊莎與我遠赴異地的船隻甲板上，仰看同樣的景色。

我想進一步探索，便離開柔軟的草地繼續前進。花朵似乎從地面每吋剩餘的空間裡冒出來，我摘了朵橘色金盞花扔入水流中，輕笑地追著花兒。小小的花朵舞擺旋盪，直至來到花園邊陲，才滾過牆圍消失。

花園的這個區塊與城堡的圍牆同一樓層，能清楚看到城堡牆垛與守衛的士兵。我捨不得離開，但知道自己該返回寢間了，我慢慢盤環而上，吸納每幅景色、香氣與聲響。我萬分不願離去，再度駐足中央的噴泉，並發現一株從未見過的水生植物。

花兒狀似蓮花，卻非一般常見的粉紅或白，而呈淡紫色。那是我見過最可愛的花朵，我好想將它從水中摘起，可惜若在房中被父親瞧見，他便會知道我偷溜出來了。我只好從各個角度仔細賞花，努力將它烙入記憶中。

我專注地研究花朵，使得我在對方幾乎來到我背後時，才聽見腳步聲。我愣在當地，低頭瞄向自己的手臂，小小鬆了口氣，慶幸自己依然隱形。不過那人挨得更近了，就在快撞上我時才停下來。我咬緊唇，小心翼翼地踏開一步，結果踢到一小顆卵石，忍不住皺眉。

我火速抬眼，看見對方的一對金眸，此人正是稍早宴會上見到的男子，也就是那位對國王宣布要嫁掉我時，毫不感興趣的人。他瞇眼望著小石子滾開之處，然後掃視四周的樹林。一會兒之後，男子輕嘆一聲，雙手撐在噴泉的邊緣。

他凝望池水，彷彿預見自己的未來，卻不喜歡眼前所見。接著他看到我剛才掉落的紫花，便撈起來捧到臉旁，男子深深吸了口花香，然後喟然長嘆。我發現身邊這名男子身上的氣息，比花香更令人陶醉。他不像其他男人一樣散發宴飲時的酒氣或蒜味，此人身上飄著檀香及暖陽烘照的草香。

他滿足地輕輕將花朵放回噴泉裡，花兒懶懶地打了個圈後又飄回來，宛若受此人身上的磁力吸引。我突然發現，自己竟差點碰觸到他。

我用笨拙的角度往後靠，以免他感知我的存在，不知此人會與我如此貼近地相處多久。我趁他還未立即移動時，像剛才研究花園般仔細地觀察他。此人長相俊美，無庸置疑，但我以前也見過美男子，並未因此動心。俊男的殘酷不下於醜男，我有太多以貌取人的不愉快經驗了。

此人既是國王之子，必握有權勢，但他不像父親端著架子，令我更加喜歡他。男子的衣著十分講究，卻不流於炫富。他有一副戰士的身材，而非君王，這表示他父親可能尚在人世，更有甚者，那表示他相當英勇——與士兵們並肩而戰，而非躲在士兵背後。

他的五官跟我見過的男子不太一樣，臉與嘴型有些特別，而一對金眼鑲著如新上色的手繪赭色細紋，十分罕見漂亮，就像剛才見著的花朵一樣，饒富異國風情，相當稀有——好一位迷人，充滿矛盾與魅力的男人。

他是位戰士，卻懂得欣賞美；是大帝國的繼承者，卻獨自一人在此，沒有護衛或侍從，沒有人匍匐在他跟前或對他卑躬屈膝。這名尊貴迷人的王子，似乎不把盛宴、外交或女人放在眼裡。大部分男人會毆打粗心的僕人，他不僅仁慈，還會幫忙僕役——我幾乎不認識這樣的人，尤其是在對待所謂的下等人時。

看到他在錦鯉池上擺弄手指時，我笑了，飢餓的小魚抬頭露出水面，張合著嘴巴討食的模樣，逗得我拚命忍笑。魚兒餓慌了，以為他會餵牠們吃東西。

他說：「對不起，我沒為各位帶任何麵包。我若知道你們在這兒，一定會帶麵包來。」

好笑的心情被某種無法言喻的溫暖取代了。我的臉頰發燙，我默默將手貼在頰上，詫異地發現自己竟因他的出現而臉紅，我像飢餓的錦鯉般凝望他的臉。事實上，我似乎無法將眼神從他身上抽開。男子困惑地皺起眉頭，瞄著我的方向。

他問：「是什麼東西？你們發現什麼空氣般的動物了嗎？」

我低頭看著載浮載沉的魚群，驚駭地摀住嘴，魚群竟放棄了英俊的年輕人，無視隱身術，往我的方向游來。魚兒張合著嘴湧近，男子朝我踏近一步，就在這時，有人出聲喊道：

「原來你在這裡，謝謝你同意見我。」

年輕王子頓住了；當他轉身認出來人時，身體一僵。對方自信地踏到噴泉四周的空地上，臉上偽裝成年輕一些的面容，比父親平時慣用的聰明外交家模樣更年輕一點——羅克什唯有與年紀比自己小許多的人碰面時，才會用這種偽裝。

大部分人不會留意這些微的差異，事實上，我似乎是唯一知道父親真面目的人——他是一副衰老的屍骨，一個內外皆腐朽潰爛的人。不知他究竟想從青年身上獲取什麼？雖然我所有的本能都要我盡速逃離，但私心卻又想要留下，我好想擋在這名英俊的陌生人和父親之間，像保護伊莎般地護住他。

年輕人答道：「你……你的要求並沒留給我拒絕的空間。」

「你為何要拒絕？我跟你保證，我們的對話對雙方國家的未來至關重要。」父親露出迷人的笑容，我只能呆立原地。「請容我好好地自我介紹。」他行禮鞠躬，親切地伸出手說：「在下羅克什。」

年輕人不理會父親伸出的手，「我知道你是誰。」

「啊，想來我是聲名在外。」

「沒錯，雖然我希望傳說言過其實，但我想並沒有。」

父親咂著舌說：「你也是戰士，應該知道惡名有時與利劍一樣，能使人受益吧？」

陌生人把雙手疊在結實的胸膛上，答道：「是的，但我也知道，無論是真是假，我絕不會讓一個惡名昭彰的人站在自己背後。」

羅克什聽了哈哈大笑，我從沒聽過他的笑聲，聽起來挺滑稽的，但我認為他此刻的反應十分真實。不知道為什麼，陌生人的回答令父親非常高興，我對年輕人的安危又添了幾分憂心。

「真聰明，但話又說回來，羅札朗家的人本來就應如此。」

年輕人瞇起眼睛，「我覺得我來這裡是浪費時間，據之前所知，本次會議旨在商談條約，結果我竟成了某女子花園宴會的賓客，被迫看一群金玉其外的孔雀，披著華服四處炫耀，相互恭維彼此的錢箱裡儲滿金銀珠寶。時間很晚了，我打算天一亮便走，我想先回寢室，趁天亮前睡幾小時。你若想討論最近的武裝衝突，我建議你有話直說，否則我要離開了。」

羅克什眼中精光閃爍，「季山，我可以這樣叫你嗎？」父親沒等對方同意，逕自接著說：「我可以跟你保證，最近的……」他頓了一下，「咱們部隊之間的小衝突雖不足掛齒，但我一直放在心上。事實上，我們雙方不睦很令我痛心，我覺得有必要親自說服你，相信我絕對未煽動這種背義的行為。」

陌生人沒接話，卻握起雙拳，繃緊臂肌。他顯然不信父親的謊言，至少並未全數接納。我不確定羅克什在暗中遊說什麼，但現在他對這位年輕人與其家族，顯然懷有邪念，我替年輕人擔心到幾乎無法呼吸，我的身體發抖，吐息紊亂。

「真的，季山，今晚我的目的是消彌任何的不滿，在兩國人民之間建立一座橋梁。」

「你打算怎麼做？」陌生人問。

羅克什往前踏一步，抬手做請求狀，但在我看來，根本就是在威脅對方。羅克什說道：「我想讓我們雙方家族締結聯盟。」

4 餌

我忍不住發出輕喘。幸好父親或年輕人在淙淙的噴泉聲中，都未留意到。

「此話怎說？」英俊的男子問道。他的懷疑是對的，無論父親打的是何種算盤，反正對任何涉入的人都沒有好處。

羅克什轉身走近噴泉，讓水流竄過他的指尖。羅克什問道：「你應該知道國王今晚宣布什麼吧？」

「令嫒待嫁之事嗎？所以呢？」

年輕人的話讓我有點受傷，只好提醒自己，反正我沒打算要人追求，最好是能嫁到遠離父親，讓我和伊莎可以逃走的地方。若嫁給馬哈巴里普蘭國王，便能輕易做到了，但要離開像這位陌生人的男子，應該會比較困難吧。聽到他對我如此不屑一顧，對我的女性自尊仍是一大打擊。我向來知道自己漂亮，伊莎每天都稱讚我，加上我居家活動範圍內的男人對我的關注，我對自己的容貌頗具信心。這是我生平首次感覺……不怎麼美。這位令我傾心的男子對我竟毫無興趣，教人很不是滋味。

父親接著說：「或許你並未查覺，但今晚的宣布實在出乎我的意料，國王打算利用小女拓展邦交，但小女是我與去世的妻子唯一的連結，也許你能理解，宣布小女待字閨中一事，令我有些擔心。」

聽到父親提起母親，我瞇起眼睛，專注地回想往事。很久前伊莎便告訴我，她懷疑母親的死因，她告訴我，母親並非如父親所說的死於生產。產婆是依莎的朋友，在我出世數小時後，還告訴伊莎我們母女均安。

可是當產婆回頭檢視我與母親時，便傳出母親的死訊，產婆也跟著失蹤了。伊莎堅信母親與產婆均已遭父親毒手。在見識過父親的凶殘後，我並不懷疑他會幹這種事。假若我有殺他的機會，必然早已親自動手。英俊的男子開口說話，打斷我復仇的念頭。

「此事與我何干？」陌生人問。

父親用指尖在水上來回撥動，我發現所有魚群都消失了，牠們不再討食，而是迅速地退到水池邊。不知牠們是否在父親觸摸水時，感受到什麼？或是父親施用魔力叫魚群退開。

我咬唇屏息聆聽父親接下來要說的話。

「我想我們可以達成互惠的協議。」

「比如說？」

「令兄是叫帝嵐，對吧？聽說他尚未娶妻。」

「家兄年紀尚輕，況且他正忙於保家衛國，以免受你的……小衝突侵擾。」

父親瞥了陌生人一眼，聽了他的回答後，唇角微翹。他老謀深算地問道：「假若令兄能歸國，克盡職守，豈不美哉？拋卻戰爭與領土的爭奪，順應天命地安心做個國王，身邊有嫻淑的皇后伺候。嫡子繼承大位，為當今的國王陛下治國。」

「讓我猜猜看，你希望令嬡能當皇后。」

「她長得國色天香、溫柔順從又端莊嫻淑，更有甚者，布里南國王會賜她嫁妝。」接著，父親傾身向前，壓低聲說：「還有，此事就我們二人知曉，小女一旦登上后座，我便心滿意足了，因為我的孫子有朝一日便能統治兩國，終止無謂的領土之爭，使兩國受惠，國泰民安。」

年輕人揉著下巴，我聽到他臉頰上的鬍渣刮擦著。我好想對他尖聲大喊，叫他別中父親的計。羅克什從不信守承諾，即使是留在這裡聽他說話，都非常危險。可是我什麼都沒說，只能乾絞著隱形的雙手，絕望地聆聽父親對我未來的安排。羅克什不讓國王將我許配給國王所選擇的人，我並不訝異，但我曾興起一絲希望，也一如所料地，父親在今夜尚未結束前，便將希望滅了。

接著我那狡猾的父親又說：「當然了，到時你便能自由地追尋自己的目標了，也許能娶到一名富有的妻子，讓你買下一小片屬於自己的土地。身為次子，令尊必會賞你一筆財富，助你成家立業。有了好的開始，說不定以後能混得不錯。當然啦，你永遠比不上令兄，但當老二的並不可恥，我相信小女的皇嗣定會喜歡見到偶爾來訪的叔叔。」

羅克什滔滔述說時，年輕人的背脊愈發挺起，顯然內心相當不平。我知道他不高興，父親也知道。操弄是父親的技倆之一，唯一不落圈套的方式，就是無論他說什麼，都假裝不受影響。我再次發現，自己好想挺身保護這名年輕人，可惜我無能為力。父親像邪惡的蛇般悄悄纏控這名男子，我幾乎可以聽見帥氣陌生人的自尊心，被父親箍緊時發出的摩擦聲。

「我非常疼愛小女，極想讓她留在身邊，我們兩國邊境相鄰，因此我願意為布里南國王議婚，不過請你明白，若是拒絕我的慷慨允婚，那就是在逼迫我加劇兩邊人民的爭戰了。」

「你放心把令嬡嫁給你所謂的敵人嗎？」

羅克什舔著唇說：「我相信你們一定會善待並尊重她。」

我真想大笑，沒有敵人比這位表示「非常疼愛我」的男人，更能為害我的幸福了。

名叫季山的男子扭頭背對父親——意即面對著我。事實上，他離我僅有數吋。季山表情陰晴不定地考慮父親的話，我好想伸手摸摸他的額頭，撫平他的皺紋，化解父親對他造成的不安。季山終於說道：「我會把你的提議轉達給家父、家母，兩週後我們會派信差回覆你。」

父親頷首佯裝善意，「希望你們的馬兒能速速前來回覆。」

羅克什望著季山離去，花園裡一片死寂，所有爬行的動物都不敢妄動，連風都停了。我的呼吸聲突然變得好響，我擦拭燙熱的額頭，命令自己隱形的雙腿別再發疼。羅克什抬起雙手匯集能量，我極少見他這麼做。噴泉裡的水啪一聲凍結住，灰白的冰霜很快覆滿小徑上每一吋石面。

他在空中抽動雙臂，一股勁風掃過花園，將精巧的花朵從莖幹上吹落，並折斷了樹枝。接著他抬起手臂，大地隨之震搖，凍結的噴泉應聲而裂，我也跟著摔倒。我用力咬住舌頭，不敢叫出聲。羅克什手心一伸，從指尖射出藍色的火星，燒黑了附近一棵樹。他握緊拳頭，滅去能量，然後堅定地邁著大步離開花園，走下跟我來時相異的另一道階梯。

我等候良久，才溜回自己的寢室，仔細清洗雙腳後爬上床，卻輾轉難眠。我定定望著覆在床頂的薄紗，準備迎接早晨的來臨。

當晨光射入寢宮時，我等候父親前來相接。我以為他會立即出現，可是上午一分一刻地過去了，連女僕都沒到我的房間。我走出房門，不管是賓客或僕人，都未見半個人影，最後我來到大廳。這時來找我的不是父親或他的副手哈札里，而是來自馬馬拉普拉姆的追求者，狄范南國王。

「噢，我親愛的，太悲慘了，真是不幸的消息。」

「怎麼了？」我問，一邊將臉上的面紗裹得更緊。「發生什麼事了？」

「妳沒聽說嗎？」

我搖頭回應。

「國王遭到謀害了。」

「怎……怎麼可能？」我問，心中已充滿疑竇。「他是怎麼死的？凶手找到了嗎？」

「還沒，令尊正在調查。」

「原來如此。」

「一開始大家以為國王在睡眠中斷氣，但侍女幫他打理時掀開睡衣，大家才看到國王胸口近心臟處有黑痕。」

「黑痕？」

「是的，國王心臟四周遭到灼傷，雖說燒黑的皮膚不足以致死，卻足以啟人疑竇。」

「我懂了。那現在怎麼樣了？家父人在何處？」

「他正在組織軍隊，在新王尚未即位前保護王國。令尊擔心有人篡位，不希望發生那種事。」

「當然。」

他拍拍我的手，「可惜在這種時候，就無法安排妳的終生大事了。不過妳應該知道，我已清楚對令尊表達過我的心意了，他跟我保證，等一切塵埃落定後，一定會首先通知我。在那之前，所有賓客會盡可能低調地返回各自的領地。」

「我明白。」

「啊，令尊的手下來了，我就把妳交給他了。可愛的小姐，後會有期了。」

國王握緊我的手，然後萬分不捨地把我交給哈札里。他粗魯地抓住我的手臂，「妳跑哪兒去了？」他嘶聲在我耳邊問。

「今早沒人來接我。」我冷冷答道。

「妳父親正在等妳，走吧。」

他將我拖過走廊，穿過幾條通道，洋洋自得地掌控我，雖然我們都知道那只是暫時性的。當然了，他的態度在我們進房的那一瞬間不變。先王的顧問圍坐在父親身邊，父親看到我後，叫群臣退下。

「我親愛的，妳睡得可好？」最後一名臣子關門離去時，他客氣地問。

「很好，父親。」我定定地看著他的腳說。

「我想妳應該聽說國王駕崩的事了。」他說，從他的語氣，聽不出是問句或聲明，我決定最好什麼都別說。

羅克什等了幾秒鐘，然後便證實我的疑慮了。「太慘了是吧？妳一定知道此事對妳的意義。」

「你是指，我終究無法出嫁嗎？」我放膽低聲說。

「噢，妳會嫁出去的，葉蘇拜，但不是妳喜歡的那位老王。」他轉身走回先王的書桌，桌上攤著一大張地圖。他拿起一名戰士騎象的雕刻，移到地圖黑色粗線另一端，地名寫著羅札朗，我趁父親再次看我之前，把眼神調開。

「妳應該感到高興，」他說。「我打算把妳嫁給一名年輕許多的人，然後等妳當皇后一段時間後，再將他殺掉。」我驚異地抬起頭，看到父親正用一對邪光閃爍的眼睛盯著我。「為了讓妳演好這齣戲裡的小角色，我會把伊莎留在身邊，明白我對妳的期許了嗎？」羅克什把話說完。

我眨著眼，忍住淚水，輕輕點頭答道：「明白了，父親。」

「很好，妳可以走了，我們會住在這裡，直到把妳的婚事安排妥當。」

父親耗時整整一個月，才勉強登上王座，他隔開伊莎與我，以確保我的順從。父親派給我的侍女們手腳十分利索，但也相當冷漠，且哈札里老是跟在我身邊，片刻不離地監視我。由於我的房間利於逃逸，父親便將我遷到新區。我的新寢間僅有單門進出。貴客們都已離去，父親很放心地將我留在那裡。

我的三餐是被送進來的，每天獲准散步一次，且必須由哈札里陪同。自從知道與哈札里獨處，可能會遭受攻擊後，我便寧可待在自己房中。在我極為狹隘的世界裡，少了唯一對我友善的伊莎，我絕望極了，食不知味。我拉上沉重的簾子，掩住加了鐵條的窗口。

接著羅札朗捎來邀請，他們雖知道父親擺明威脅交戰，但願意考慮父親的提議，皇后表示想見我，確認我是否適合她兒子。父親非常興奮，他一直忙於治國，可是信差抵達時，他迫不及待地分享這項消息，命人立即帶我去見他。看到我的打扮，父親不太高興。

「妳是不是病了？」他問。

「沒有，父親。」

他粗暴地扯下我的面紗，瞇眼抬起我的下巴，左右轉動我的頭仔細檢視。父親將我推到一旁，將哈札里逼至角落掐住他的咽喉，哈札里雙眼暴突，氣若游絲地在父親的手下徒勞掙扎。「你給我盯緊她吃飯，她的頭髮要梳到油亮，臉上不得有任何疤痕或眼袋，我講得夠清楚了嗎？」

「遵命，陛下。」哈札里咳道。

「很好。」他放下哈札里後又說：「她三天後就要出發了，一定要讓她準備好，我要她打扮得像個公主。下去吧，我得跟她單獨談談。」

哈札里的喉頭又腫又紅，半句話不吭地退開，將門關上。

父親說：「好了，妳離開前，我有幾件事要跟妳討論。」

羅札朗家族的皇宮映入眼簾時，恐懼向我襲來。我坐在大車隊中央的華麗馬車中，打扮得儼然已像皇后，父親奢豪地呈現他送給羅札朗王室的死亡之禮。在一個裝滿華貴絲衣與面紗的箱子裡，藏有暗盒，裡頭裝著一瓶瓶毒藥與可以藏在口袋裡的小刀。

我知道失手的後果，父親已跟我講得很明白了。我必須取悅長子帝嵐、嫁給他；發掘羅札朗傳家之寶的神祕下落、偷過來；然後殺掉帝嵐。下手之前，我得監探羅札朗王室。

我若違逆父親的意思，他便會折磨伊莎。我緊抓口袋中的一小束伊莎的灰髮。羅克什把髮束給我，提醒我要達成任務。事實上，他詳述了折磨伊莎的酷刑，我深信他以前都做過，而且很期望有機會再次施用。

想到自己同意成為病態邪惡的父親的刺客，我的胃便抽疼，可是萬一失敗，後果更不堪設想。我不能讓心愛的伊莎遭他的毒手折騰，我不知道自己是否能夠為了救她而痛下殺手，但我欠保護我的伊莎一份恩情。每次看到伊莎的跛腿，都覺得自己牽累她，害她仍在父親手下做事。我絕不讓她留在父親身邊。

我們一行人抵達皇宮後，我被一一引介，我遇見的每個人似乎都很開明、善良。陪我同行的哈札里企圖以所謂的「保護者」自居，幸好羅札朗精明的軍事指揮官卡當似乎看透我藏在面紗下的心思，決定也派他的手下來保護我。這是相當聰明的做法。由於附近總有羅札朗的士兵，哈札里的舉動受到極大的限縮。

我一直到當天晚餐才見到皇后黛絲琴。皇后非常端莊，她從桌子彼端望著我，客氣地詢問有關我與家族的事。她將我處處提防的回答解讀成害羞。餐後，皇后將我喚進她的仕女室，命我坐到她身旁。這裡有各年齡層的女人環繞著她，大家一邊縫紉，一邊開心地聊著。

黛絲琴見我不太願意談自己的事，便聊起自己遠方的家族、故鄉與她的兒子們。她很愛她的家庭，事實上，她非常保護自己的孩子。我問及她的次子時，她似乎有些訝異，但黛絲琴很樂意分享二位兒子的故事。我很快很知悉，季山被派往邊境，一個月內可能就會回來，但帝嵐要一陣子才會返家。黛絲琴說，她想在決定婚事前先瞭解我。

我每天可以在皇宮裡漫遊，但總有兩名隨從跟著我。每晚我都與黛絲琴同處。不久我開始欣賞季山的母親了，她幾乎與她兒子一樣令我心動，黛絲琴與她夫君鶼鰈情深，每到休息時間，皇上便會親自來接他的妻子。他們一起與所有皇后收容的寡婦道晚安。

這些婦女的丈夫死於爭戰，各個對羅札朗家族忠心不二，光是聽她們的故事，便令我大受鼓舞。不知我能否找到解救伊莎的方法，皇后若能收容伊莎就太棒了。就在我開始感到自在、安全時，父親來找我了。

我被惡夢驚醒，臂上豎滿雞皮疙瘩，我發現窗戶敞開，簾子在風中翻騰。我才起床關窗，便聽到一股聲音。「我親愛的，妳看起來不錯嘛。」

我愣在原地，本能地低下頭說：「父親。」

「事情進展如何？他們家接納妳了嗎？」

「我想是的。」

「那為何還拖那麼久？為什麼我都沒聽到婚約的消息？」

「皇后還在考慮我，何況兩名王子都不在。」

「是啊，我一直讓他們忙於應付。」

「可是為什麼？我們不是希望他們在皇宮裡嗎？」

父親迅雷似地出手，我毫無防備。他掐住我喉頭將我摜到牆上，「妳剛才說什麼？」他問，烏黑的眼睛在月光下射出毒光。

「對不起。」我啞聲說：「我不是有意頂撞您。」

「別忘了自己的分寸。」他嘶聲說。

我點點頭，咒罵自己太過魯莽。離開父親的這段時間，害我變得過於自滿。

「我無須對妳解釋我的作為，不過萬一皇后提到她兒子忙於平息戰役之事，妳不妨向她保證，如果他們同意讓兩家聯親，妳對父親的影響力足以讓雙方止戰。妳有沒有看到我要妳找的護身符？」

「沒有，皇后或國王身上都沒佩戴符片，軍事指揮官不許我或哈札里在沒有手下陪同的情況下，擅自在皇宮走動。」

父親喃喃說道：「我真該把卡當那傢伙宰了。」見我不答腔，父親退後一步，終於鬆開放在我脖子上的手說：「妳知道我為什麼要找那些符片嗎？」

「不知道。」我小心翼翼地答道：「我只須知道你想得到它們就可以了。」

「這就對了。」他對我的回答頗表滿意，父親歪著頭，打量我片刻後說：「也許我親愛的葉蘇拜該知道自己究竟是誰了。」

我覺得氧氣從肺中抽離。「這話是什麼意思？」

「是的，如果妳知道我的動機，就會明白如何幫我做事最好。」他扭身將手揹在背後說道：「妳父親是個能力很強的人，但我指的不是政治方面。」他在房中慢慢踱步，邊走邊撫撥各種皇家的物件。「以前我曾是離此地很遠很遠的地方，一個大省的王位繼承人。」他回頭面對我，「雖然我殺掉兄弟和繼母才奪得王位，但後來我還是放棄了。」

我不訝異羅克什會為了達到目的而殺人，但他願捨棄王位，卻令我詫異。「你不想要那份權力嗎？」我問。

「統治一個國家的權力算什麼。」他嗤之以鼻地低頭看我，「這才叫真正的權力。」他從脖子上拉出一條鍊子，讓我看鍊子底端一塊破掉的符片。

「這是什麼？」

「這叫達門護身符。」

「那是一頭老虎嗎？」

「妳真聰明，親愛的。」他用一種近乎深情的表情，以拇指撫摸符片，一邊喃喃自語，似乎沉浸在思緒中。「很久很久以前，曾經發生一場大戰，統一亞洲各國。當時惡魔現身，蹂躪眾生，大家對他的暴行終於忍無可忍，五個國家聯手，齊力一舉殲滅惡魔。」

父親從未對我提起他的過往，我所知道的多半是偷聽來的片段，我覺得既興奮又害怕。

羅克什接續道：「在眾王國節節敗退的當晚，一位漂亮又令人畏懼的女神騎著一頭名叫達門的老虎長驅直入，在戰場率領眾人力抗。」他神祕地笑著，拍了拍符片上張牙舞抓的老虎。「等惡魔終於死後，女神將護身符分散，各別給每個國家一塊符片，不久大家便發現，符片能控制五大元素——每個拼塊各主宰一項元素。據說護身符從未湊齊，佩戴完整符片者將能擁有女神的神力。」

父親的話解釋了好多事情——他指尖的藍火、在宴會上貿然侵擾我的人口中突然噴水、每當父親生氣便引起地面微震，還有國王的猝死。原來父親便是為了這個，他要找的就是這個，而他蒐集到的神力，因某些因素透過血緣傳給了我。我的能力竟是女神賜與的。

父親像拿玩具逗弄小孩似地露出微笑，「妳可以看到，這邊缺了兩塊符片。」

「我就是要找這兩塊符片嗎？」

「是的。一旦護身符湊齊，便沒有任何事或人是我無法控制的了，我將無人可敵。假如妳運氣夠好，便能沐浴在我的福澤之下。妳當然無法跟兒子相比，但我從不排斥新的……機會。」他抬起我的下巴，用力掐著。「如果妳的血液裡有一丁點的烈性就好了。」

兒子？他究竟想跟誰……？是黛絲琴，她就是父親渴盼的女子。

「但她或許已過了生兒育女的年紀了。」

「是有可能，」他坦承。「所以我才想讓妳嫁給其中一名王子，如果我沒法擁有理想中的兒子，孫子或許也行。」

想到父親可能變得更具神力，就教人害怕。一切都解釋得通了，我被送來的理由、跟羅札朗的爭戰，一切都是為了奪取那些符片，並將黛絲琴從她家人手中奪過來。

既已知道父親真正的動機，我就更須隱匿自己的能力了。萬一他知道我的本領，便會將我和我的孩子打造成跟他一樣——成為凶殘、渴求權勢的惡人。我愈是裝得懦弱馴良，他就愈不會來看我，他愈不來看我，便愈不會期望我陪他造孽。

「妳知道我要什麼了，」他說：「妳有兩個星期時間爭取婚約或找到那些符片。每多一天，我就會用盒子裝一根伊莎的手指送過來給妳。」

我嚥下恐懼，氣到眼中泛淚，喃喃應道：「是的，父親。」

當我抬起頭時，羅克什已經離開了。

5　訂婚

我徹夜未眠。我必須承認，父親能如此輕易地潛入宮裡，令我驚駭不已。我絕望地想，自己永遠無法獲得真正的自由了，父親的陰影將追獵我的餘生和我身邊的人。

不過我知道，他得如此大費周章安排我進入羅札朗王室，表示他的能力有限。羅克什需要藉助我來達成目的，就表示他並非無所不能。假如我夠謹慎、夠聰明，或許能設法破壞他的計畫，不過背叛得付出極高的代價，我得對成功有絕對的把握，才能反抗他。

太陽升起時，我已梳妝好去找黛絲琴了。我雖與她相處時間不久，卻覺得能信任她。我若想對羅克什以其人之道還治其身，便需要一名強大的盟友。

他們告訴我，黛絲琴在仕女室中，我沒敲門就直接進去，卻驚見國王正抱著皇后。我當然知道自己應該立即離去，但我的腳卻像生了根似地釘在當場。

國王相貌英挺，與王子季山極為相像。我雖決定不去想季山，數週來卻對他日思夜念。黛絲琴的夫君一身皇威，抱攬妻子時卻極其溫柔，彷若她是朵珍貴的花。

黛絲琴顯然絲毫不畏懼自己的丈夫，事實上，當她發現我時，硬是扭脫了他的擁抱，而且似乎不擔心拒絕丈夫會遭到報復。她的夫君哈哈大笑，對捶他胸膛的妻子全然不以為忤，而且被撞見熱情地擁抱妻子，也絲毫不見尷尬。他走到黛絲琴背後摟住她的腰，然後客氣地問我睡得可好。

雖然我張嘴想回話，卻擠不出半個字。黛絲琴見狀連忙替我解危，提醒國王我很害羞，尤其在男人面前；他不該再令我不安，該去處理國務了。

「是的，**Hridaya Patni**，我心愛的老婆。」他愛憐地說。

國王咯咯笑著，對我擠擠眼，親吻妻子的額頭，並在她耳邊低語數句，惹她發笑，然後才離開。

國王走後，黛絲琴坐到她最愛的椅子上，示意要我走近。我還沒踏出步子，便衝口說道：「妳愛他。」彷彿那是一句指責。

「是的。」她笑了笑，對我抬起手，「有那麼可怕嗎？」

我猶豫地向前走了幾步，「男人都……」

「男人都……都怎樣？」她拉起我的手，溫柔地把我拉坐到她腳邊的枕墊上。

我絞著手，不知該如何把話講完，才不會惹她生氣。最後我說：「男人都不能信任。」

黛絲琴輕聲笑了起來，然後嚴肅地打量我。她將手伸到我臉旁，挑著眉徵求我的同意。我點點頭，她輕輕解下我臉上的面紗，然後抬起我的下巴。她的動作和藹又充滿母性，雖然我極力壓抑情緒，還是忍不住淚水盈眶。她望著我，看了長長的一分鐘。「妳被男人傷害過嗎？葉蘇拜？」

我身體微顫，說不出話。黛絲琴說：「告訴我吧。」

我知道自己必須字字斟酌，彷彿隨便一個字都能置我於死地，更糟的是會害死伊莎。然而在黛絲琴面前，我覺得似乎有了希望，或許我能獲得快樂的結局。我舔舔嘴唇，開始述說，專心暢談了一個小時後才停止。

黛絲琴以感同身受的態度聆聽，我先前只在對伊莎說話時有過這種經驗。等我說完，黛絲琴撫著我的頭髮說：「妳跟我們在一起很安全，葉蘇拜，我跟妳保證，我的兒子絕對會善待妳，他會待妳以耐心，但妳若不想在這時結婚，還是歡迎妳住下來。我會像保護我國家那些婦女一樣地庇護妳，但我希望妳能在決定前，至少見見我兒子。」

太容易了，她的仁慈更令我自覺陰險而無地自容，因為有我很多事沒跟她說。有件事我可以確定，我根本沒資格成為羅札朗家的一員，他們如此信任別人、真誠、沒有一絲狡詐。我若不設法阻止，便會害他們被父親毀掉。

我跟黛絲琴表示願與她們家聯姻後，她掀開簾子，露出後面一道隱匿的門。黛絲琴說，我若需要逃避哈札里的注意，可以利用這扇門。門通往花園，當我走下祕密通道時，讓自己隱形。不知我跟黛絲琴說那些話，是否犯了大錯。

我的方法必然會惹怒父親，但連他也無法否認我的招數奏效了。當然，他可能永遠不會知道我用了什麼法子，因為羅札朗的皇后答應不對他人提起我對她坦誠以告，但我依然認為潛在的好處大過於風險。

為了博取黛絲琴的同情，我把父親凌虐我的事告訴她，我並未道盡一切，否則一個小時怎麼夠用。事實上，我所分享的事情微乎其微，我不提父親的魔力或他威脅要取伊莎性命的事，不提藏在我衣櫥裡的毒藥，或藏在衣袍暗袋裡的刀子。

我只談父親的壞脾氣，便已得到黛絲琴的支持。我說自己還是嬰兒時，父親聽到我啼哭，便暴怒地毀掉育嬰室，無情地痛打伊莎，怪她讓我哭鬧不休。當我描述他將我重重摜到牆上，害我失去意識時，黛絲琴陪我眼眶泛淚。提到自己被囚鎖在房中數月，僅靠花朵點綴房間時，她則倒抽一口冷氣。

可以說的故事太多了——都是一些女人會有的遭遇，我有很多這樣的故事可以分享，無須細談父親的魔力。我又說，哈札里也常對我威脅、造次，趁父親不在時對我又掐又摸。

說罷，我哀求她千萬莫提哈札里欺負我的事或採取任何手段，免得父親知情。黛絲琴同意了，她堅持告訴我皇宮裡的各處祕道，而且竟然還對我說，她認為我很適合她兒子，我若願意，她想安排會面。

黛絲琴不設防地接納我，我不禁懷疑她識人不明。我得到我要的結果了，卻不知會付出什麼代價，我不僅擔心自己，也擔心她與她的家人。

兩週後父親準時回來了，我表示黛絲琴同意聯姻，且在帝嵐出征返家時，盡速安排與他見面。這項消息令父親大喜，他答應我會立即停止軍事衝突，好讓我與未來的夫君見面。

當我問及伊莎的健康狀態時，父親僅露出貓困住老鼠的狡笑，然後低聲進一步威脅，說哈札里因為老見不著我，而十分惱怒。

我以部分實話回覆：「這裡有些婦女見到哈札里會緊張，黛絲琴禁止他靠近仕女室，而且我必須討黛絲琴歡心，幾乎隨侍在她身邊。」

父親低頭瞪我，似乎想看穿我腦中的祕密，不過他終於溫和地說道：「很好，我會叫哈札里閒時去監視卡當。」

羅克什來無影去無蹤地走了，並說他很快會再探訪我。

翌日，我坐在黛絲琴身邊，心不在焉地聽她派去前線打探消息的手下做晨報，這時其中一人說的話引我耳朵一豎。

男子行禮退下後，我問黛絲琴：「他的意思是，您的公子已經回來了嗎？」

「是的。」她燦然一笑，接著說：「噢，不過不是帝嵐，是我的小兒子季山。季山回來了，我想他應該會跟我們一起吃晚飯。」

「噢。」

「別擔心，妳很快便會見到帝嵐了。」

我搖搖頭，對她淡淡一笑，「我很期待。」

「很好，現在我得先離開好嗎？我想交代廚子今晚做些季山最愛的菜。」

「當然。」

我起身時，黛絲琴把手搭到我後腰上，「想不想去花園走一走？花園中央有座迷宮，大部分人都會迷路，我想妳在那兒可以輕易擺脫令尊的手下。」她壓低聲悄悄說：「要訣就是一直往左轉。」她眼中精光閃動，然後帶著隨從離去，等只剩下我一人時，我發揮隱形能力，聽取黛絲琴的建議，前去探索花園迷宮。我渴望做這件事很久了。

羅札朗的花園與布里南皇宮頂端的空中花園非常不同，但精采度卻不分軒輊。羅札朗的花園裡種滿各式花卉與飄香的闊葉樹，由於自恃隱身，我好整以暇地逛著，一路觸摸精緻的植栽與花蕾，來到迷宮邊。

我好奇地走進去，往左轉了十二回，最後到達迷宮中央。一座長滿蓮花的噴泉誘我靠近，環繞迷宮中央的樹籬十分高大，讓人無法看到另一端的情形。我覺得好安全，彷彿被深愛的植物包圍住，杜絕了世間所有的醜惡。

由於相當放心，我便散去保護自己的能量，仰頭迎向和煦的太陽。等我覺得熱了，又摘去臉上及髮上的紗罩，任薄紗垂在臂上。我撥弄噴泉，將水潑在到脖子與臉上。蜂鳴與鳥啼令我平靜，暫時忘卻身在何處，更重要的是，忘卻了自己。在花園裡，我只是個愛花的女孩。

我在粉紅與白色的蓮花間，發現一個不太一樣、以前見過的東西。那是我在布里南國王的噴泉中看到的紫色水生花朵。「不可能呀。」我低嘆著彎身把花兒從水中摘起，仔細檢視。「也許你比我想像的更常見。」

一股渾厚的聲音在我背後說：「我倒想說這花很稀有。」

我嚇得扔下花朵轉過身，看見迷宮中央的空地上，站著那名令我思念不已的男子——雖然自從遇見他已經過了數週。我眨眨眼，被他開朗的笑容弄得目眩神迷，直到他向我踏近一步才回神，匆匆拉起面紗，遮住自己的頭髮與臉，然後低下頭去。

看到我的反應，男子遲疑起來。「對不起，我不是有意打擾妳。」

我覺得舌頭打結，想說話，卻不知該說什麼。他並未要求我回話，或對我不耐，只是走向噴泉，拾起我剛才丟在地上的花兒，輕柔地擺回其他花朵中。「很美，對吧？」他問，雖然他似乎不在意我是否回答。「我在布里南皇宮的花園看到這花，離開前便請他們剪一段給我，我想家母會喜歡。」

「這花好漂亮。」我低聲說。

小魚躍至水面，使我想到之前在他身邊隱形時看到的鯉魚。但這回他知道我在。男子似乎看透我的心思，「家母的族人有一則關於鯉魚的故事。遠方有條河，裡頭都是鯉魚，雖不常見，但有些魚會一路游至河流源頭，找到源頭的大瀑布。那隻最勇敢堅定，竭力跳到瀑布頂端的魚，會受到諸神的賞賜。」

「神會賜魚兒什麼？」我好奇地低聲問。

他斜抬著頭，雖然我看到他眼中放光，表示他聽見了，但他並未轉向我，只是逕自伸手劃過噴泉，以清涼的水撫住自己的頸背。

「牠們會化成巨龍，黃河源頭因此被稱為龍門。所以啦，任何動物，即便是一條微不足道的小魚，也能有所成就，只要牠們堅忍英勇地承受試煉，迎向命運。」

這話說得太好了，季山的闡述不僅令我折服，而且他似乎知道我需要聽什麼。我同樣在逆境中掙扎，如果連不起眼的魚兒都有希望，神明或許也會知道我的存在。我若能證實自己的價值，說不定可獲得冀求的賞賜。

「很抱歉我現在一身狼狽，」他的話打斷我的思路。「卡當今天比平日訓練嚴格，大概是懲罰我最近幾週不在吧，他覺得少了他每天督促練習，我變得胖又懶了。」

季山鬆開襯衫，把水潑到脖子上，我只能呆站一旁猛嚥口水，濡溼雙唇。季山一點也不胖不懶，事實上，他是我見過最漂亮的男子。看到他的胸膛肌肉厚實，襯衫黏貼在身上的模樣，令我覺得暈眩，彷彿自己在太陽下站了太久。

說到太陽，季山有對金色的眼睛，當它們望向我時，暖熱到足以將我當場融成一灘水。老實說，我很訝異自己還沒化入噴泉裡。當我正幻想著自己化成水，被他潑灑在肌膚上的情形時，有個東西吸住了我的目光。

那是一片護身符，就掛在他的脖子上，我確信那就是父親要找的東西。我身上寒慄漸起，冷卻了熱燙的肌膚。我抱著腰，將自己擁住。我該怎麼辦？萬一父親知道這名青年戴了他要的東西，肯定會將他殺掉，或逼我動手。無論如何，季山漂亮的黃金色雙眼將永遠闔上，他的溫暖將被陰冷的死亡取代。我忍不住發顫。

「妳會冷嗎？能讓我送妳回皇宮嗎？」他問。

我對他點點頭，他帶我走向樹籬的開口，並說：「對了，我叫季山。」

「我知道。」我靜靜答道。

他回頭不解地瞄我一眼，笑道：「我太吃虧了，不知這位漂亮的年輕小姐能否告知芳名？」

我頓住腳步，飛快轉思，徒勞地想著如何解救他與他的家人，防範父親對他們的謀害？我抬起眼，看到他的咽喉，不知他會怎麼死？該不會我有天醒來，便聽到他胸口有黑印的消息吧？還是他就這樣失蹤了？也許他將死在我手裡。說不定我會拿自己的小刀劃破他的咽喉，拿斟滿毒藥的杯子餵到他唇上。

我突然再也無法注視他了，我的名字叫索命人，我是未來的凶手，至少季山該知道凶手的名字叫什麼。「葉蘇拜。」我低聲說：「我的名字叫葉蘇拜。」我握拳揪緊裙子，從他身邊奔過，頭也不回地一路衝回皇宮。

我雖極力迴避季山，他卻似乎總是知道我在何處。季山是少數能進入仕女室的男人，我發現他不止一次地靠在他母親腳邊跟她聊天，每次他都努力邀我加入談話，但我會找藉口離開。吃飯時，我發現他在看我，且當我在皇宮走動，以應付哈札里時，季山經常主動出現保護我。

季山似乎知道有他陪著，我更放鬆。散步時，我甚至幾乎忘記哈札里也跟在一旁了。季山給我安全感，跟我先前在空中花園的感受相似，不單因為他體型魁梧，而是別的原因。我一直不明究竟，直到第三天，才明白原來季山給了我希望。只要在季山身邊，一定會感染他的堅定、穩健。

季山像大樹般向土地深深紮根，我幻想他將我擁入懷中，安穩地以枝葉將我捲起，藏到世界看不到的地方。他不被任何事物左右，無所畏懼。觀賞季山與戰士們練武，會發現大家對他十分尊敬信賴，更重要的是，我也漸漸對季山產生同樣的感情了，這樣很危險。

事情來得太快了。黛絲琴宣布備好車隊，準備帶我去見帝嵐。我上車後，掀起簾子尋找季山的面容，卻不見他來送我。我告訴自己，這樣最好，便安心出發到千里外的邊境。

見到帝嵐時，我被他俊美的儀表所震懾。他看起來更像母親，較不像父親。帝嵐的一對眼睛藍得嚇人，他為人雖然溫和，我畢竟還是思念季山的金色雙眸。我們談了許多話，帝嵐客氣有禮，是女人夢寐以求的對象，我卻覺若有所失。我們之間有股難以言明的距離，雖然我在兩人相處時仔細看他，卻不曾在他脖子上看到繩鍊顯示他戴著父親尋找的護身符。

與父親的軍隊交戰，顯然令帝嵐心事沉重，但他從未因此怪罪我，甚至不去討論兩人親事的外交意涵。他只說，他很期待兩人聯姻，且希望二人能幸福相守。

接下來，兩國簽署了數份文件，帝嵐客氣體貼地確保我在返途中的安適，可是他在道別吻我的手時，我只覺滿心懊悔。他是個好人，甚至可說是個很棒的人，他的為人與我的父親羅克什可說是南轅北轍，如白日不同於黑夜。這使得我格外難以承受自己與父親的合謀。

我回到皇宮還不到一天，父親又出現了，但這回是正式拜訪。

6 背叛

在我抵達的數天前，信差已將帝嵐同意娶親的消息傳回皇宮了，胸有成竹的父親亦收到了通知。在我回宮後的早晨，國王便召我到大廳，季山在衝出大廳時，差點將我撞倒。

季山怒不可抑——跟父親在一起時，我常體驗到父親的憤怒——但當他扶住我時，眼神僅對我燃亮一瞬便移開了，彷彿無法忍受見到我似的，令我心如針刺。這情緒來得如此突然，我差點忘記自己就在父親面前。

羅克什走向我，季山則匆匆離開大廳消失了。「葉蘇拜，親愛的，真高興看到妳平安健康。」父親一副很樂於見到我的樣子，但一對眼睛在社交的假面後閃著邪光，我知道他一定會低聲講難聽話。

「父親。」我垂首說：「您一路應該也很平安吧？」

「是的。大家都來道喜，因為兩國都要準備慶祝妳訂婚了。」

「是啊。」羅札朗國王答說：「事實上，我們今晚就要慶祝。」

父親緊拉住我藏在層層衣衫下的手臂，「很好。」他說：「也許今晚稍後，我們可以討論小女與貴公子何時成婚較為適宜？」

「我跟你保證，小犬一定優先處理他跟葉蘇拜的婚事。」黛絲琴說：「我相信等情況許可，帝嵐必會趕回來與葉蘇拜成親。」

羅克什對黛絲琴露出甜笑，勉強掩蓋住眼中的淫念。「那麼今晚之前，我就先跟小女敘舊了。」

原本表情鎮定的黛絲琴眉頭一蹙，從后座上站起來。「你若不介意，我今天下午想跟葉蘇拜聊聊，我很喜歡跟這孩子聊天。」

「沒問題。」羅克什微微欠身，然後轉身拖著我離開。父親什麼都沒說，甚至在走出皇宮，離開宮外一排排的守衛時，還叫哈札里退下。父親等覺得離開人群夠遠後，才鬆開我的手，背對我站著視察地面及附近的花園，他手插著腰，緩緩繞步，細看周遭一切，最後停在我背後。父親的表情令我詫異，他竟然……十分開心。

「妳做得很好。」他說。

「很高興能讓您開心，父親。」

「不知怎地，妳完成的事超乎了我的期盼，看來妳的美貌還是有點價值。」

我從未見過父親心情如此之好，他幾乎高興到要跳起舞了。

「妳不但騙得大王子的婚約，還把他弟弟迷得神魂顛倒，二王子求我把妳許配給他，別嫁給帝嵐。我當然堅稱帝嵐是更好的婚配，我不想擔憂妳的未來。」

季山要我？我心中燃起一線希望，剎時間想起國王擁抱皇后的情形，不知季山會不會有一天，也能用那種方式抱我。

父親打亂我的思緒說：「黛絲琴也很喜歡妳，我無法期待更棒的結果了，因此我已改變我們的計畫，妳今晚就把二王子和他父親毒死，然後嫁給大王子。假如帝嵐能為我所用，我便饒他活命，他似乎是名將才。」

殺掉季山？父親要我殺掉他？「不要！」我大喊，父親怒瞪著我，我用手摀住嘴。

「妳剛才說什麼？」他沉聲威脅。

我心慌意亂，不僅想保護季山，也想保護自己，只好說出唯一能轉移他注意的話。「二王子身上至少戴了一片護身符，我見過的。在我們找到另一塊符片之前，你萬萬不能殺他。」

父親頓了一下，我大膽地走向他，搭住他的手臂。「季山也許能……被操弄，或許我能打探到另一塊符片的消息，老實說，我不確定帝嵐會受我操弄；他很和善，但不像季山那樣用熱情的眼神看我。」

「妳比我想的還要狡滑，葉蘇拜，但話又說回來，妳畢竟是我女兒。很好，妳就使計打探第二塊符片的下落，然後立即回報。」

「那國王呢？」

「他怎麼了？」

「假若我殺了他，別人必定會懷疑我們。若能騙王子讓他們以為處境安全，應該更容易操弄兩位王子。」

父親全身緊繃，站得挺直，他不習慣我用這種態度反駁他，卻又無法輕忽我的說法，況且他需要我進一步達成他的目標。我的眼角餘光瞥見他指尖發出星火，但故意裝作沒看見。父親壓抑地說：「那就暫時放羅札朗皇室一條生路，在帝嵐回來之前，妳先對二王子示好，並等待進一步指示。」

我低頭行禮道：「遵命。」

「妳現在回皇宮，今天就陪著皇后吧，跟她談談我的……豐功偉業。」接著父親轉身背對我，意思是要我退下了，我迅速折回宮中。

當天我們共進晚餐，儼然是個快樂的大家庭，雖然季山抵死不肯看我，而父親又頻頻瞄我。哈札里站在父親背後，眼神射出警訊：等逮到我獨處，就要我好看。他是我唯一會毫不手軟，痛下殺手的人。

父親預定翌日離去，因此破曉時傳來敲門聲，我自然以為是他，沒想到敲門的竟是黛絲琴，而且一人獨來。「您的隨扈呢？」我問，好擔心萬一被父親撞見，會做出什麼。

黛絲琴聳聳肩笑說：「這就是當皇后的特權。」

她為打擾我睡覺而致歉，雖然我幾乎整晚沒睡，並問我介不介意陪她。我跟著黛絲琴來到士兵訓練場。「我們到這裡做什麼？」我問。

黛絲琴抖落罩袍，露出一件頗像和服，腰上繫著帶子的合身衣服，衣服底下是類似士兵會穿的軟拖鞋與緊身褲。「我需要做點練習，」她眨眨眼說。「啊，卡當來了。」

這位羅札朗軍隊的中年指揮官走到訓練戰技的硬實圓地上，將一組漂亮的雙劍遞給皇后。不知這雙劍是否來自黛絲琴的故鄉。

「皇后，」卡當對黛絲琴行禮，「您準備就戰鬥位置了嗎？」

「我一個小時前就準備好了，你今早跟貓一樣賴在床上太久了是嗎？我真擔心你要變成老頭子了，阿尼克。」

戰士微微一笑，「還早得很呢，夫人。」

「出劍吧。」黛絲琴露出調皮的表情挑釁道。

兩人鬥劍時，我縮在樹下觀賞，這位指揮官武功十分高強，但我很快發現黛絲琴亦非省油的燈，我從未見過女人打鬥，更別說是如此柔中帶勁了。雙劍劃過空中，彷若她身體的延伸，黛絲琴像索命的舞者般旋身轉繞。

我明白父親為何如此迷戀她了，不久季山也加入他們，季山故意嘲弄卡當打不過女人，黛絲琴問兒子會更厲害嗎，卡當便將自己的劍扔給季山。王子將長衫一紮，在母親四周繞行，他還沒見到躲入陰影深處的我。雖然黛絲琴知道我在，我依舊覺得自己像被逮著的偷窺者。

皇后在兩人利刃相交時對兒子提問，我開始懷疑，黛絲琴引我至此，是為了全然不同的目的。渾然不知我在近處的季山老實地回答母親的問題。

她問：「昨天之後你還好吧？」

「我好得很。」

「你知道我們很努力了。」

「我只知道阿嵐又再一次贏了。」

「這又不是比賽，季山。」

「當然不是，如果從來沒有贏的希望，怎能稱做比賽?反正我每次都輸。」

「不是每一次，也許渴望頭銜的人，只有那位父親。」

「哪個女人會為了愛情捨去王座？」

黛絲琴垂下手裡的劍，「我就會。」她嚴肅地說：「你別太小看她。」

季山把劍挪到另一隻手上，手腕一翻，再次掄劍。雙方劍身相交時，季山與他母親鼻尖相對。「就算她要我，她父親也不會允許。」

「那可不一定。」季山狐疑地看他母親一眼，黛絲琴皺起眉頭，「好吧，他確實很頑固，或許我們可以多花點時間改變他的心意。」

「阿嵐這星期就要回來了，他會期待新娘子的迎接。」

「這事也許我們還能想點辦法。」季山挑眉看著母親神祕的笑容，擋開她抵向喉頭的劍。黛絲琴接著說：「無論葉蘇拜做何決定，我都希望是她自己的選擇，我不想逼她。」她又靜靜地說：「那可憐的孩子這輩子已受過太多逼迫了。」

黛絲琴技勝一籌，手腕輕轉，季山的武器隨而從手中飛脫。黛絲琴揚劍抵住季山的胸口大笑：「千萬別輕估女人哪，我兒。」

季山也笑著回道：「我是絕對不敢低估妳的，母親。」他親吻黛絲琴的臉頰，然後取回自己的劍。「三戰兩勝如何？」他提議道，於是母子再度比劃起來。

季山的肌膚在晨光下閃耀生光，他對母親的細心體貼令人感動，這名男子將以尊重仁愛敬待他的妻子，一如他對待自己的母親。這名男子完全不受強勢女子的威脅，這是位能讓我傾心的男子。

黛絲琴說得對，我根本不在意皇后的頭銜，不知她究竟有何盤算，她敢如此巧妙地耍弄我父親，真令我稱奇。黛絲琴早上帶我到訓練場，是她故意要我聽見他們母子的談話，我正在思忖她到底希望我怎麼做時，聽到後面傳來一股聲音。

「太美了。」父親口中吐出的熱誠讚美，聽來竟令人覺得下流。我當即從安坐的樹底下站起來，想到自己如此大意，便忍不住羞紅臉頰。我用與父親相同的渴望觀賞這對母子鬥劍，而且還被逮個正著，真令我氣惱。

「她真的很獨特。」父親說。

「是的，她是。」

這時季山注意到我們了，他扔下武器，結果沒能擋住黛絲琴的劍，臂上被劃了一道傷口。

「葉蘇拜？」他向前踏一步，然後頓住。

皇后轉身拿布擦拭自己的脖子。「啊，妳是來為令尊送行的嗎？」她對我擠擠眼，然後對我父親說：「謝謝你同意讓她跟我們同住幾個月，可惜阿嵐沒能早點準備好。」

我抬著頭，不知她用了什麼藉口阻止阿嵐回家，她顯然很疼愛季山，但我從不覺得她偏愛哪個兒子。

「是啊，」羅克什對她淡淡一笑。「真是可惜，我們只好那時再見面了，夫人。」他拉起她的手親吻，時間長到令人不舒服，接著他轉向我。「再見了，女兒，我會再跟妳聯絡。」

黛絲琴要季山送我父親回他的隨扈身邊，然後挽起我的手，「妳剛才表現得非常鎮定，」她說。

我不確定她是指我剛才偷聽被發現的事，或是指父親出現時，因此我決定答道：「您讓我留下來，真是太好了。」

「難不成放妳陪他回去？我才不要，妳現在受我們保護了，葉蘇拜。」我們一起目送父親的馬隊步離皇宮，奔出大門。季山朝我們轉過身，注視我許久，然後嘆口氣向我們走回來。在等候時，我側耳聽見皇后命令卡當：「加強女子澡堂的防衛，今早有人偷窺我，還未逮到是誰。」

卡當行禮道：「我會親自督導的，夫人。」

皇后見到我驚愕的表情，立即安慰我說：「別怕，葉蘇拜，我們大家都會保護妳的安全。」

我雖深信皇后的戰士會忠心效力，卻也知道窺視皇后者是何人。一想到父親的無恥，我便忍不住臉紅，罪惡感不下親自偷看。

皇后說得對，不久帝嵐因忙於國事，而延後行程的消息便傳出來了，他們建議帝嵐先將國務安排妥當後再返家，以便專心準備娶親。帝嵐勉強同意，並在各城鎮要塞與國王的顧問會面，再從前線繞遠路回家。

父親留下哈札里監視我，季山責無旁貸地擔任我的私人護衛。隨著時日推移，我發現自己很期待能見到季山。季山教我下飛行棋，我學得頗為上手，甚至不僅一次地打敗他。有時黛絲琴也會加入一起玩，但通常就我們兩人，哈札里則臭著臉，百無聊賴地坐在一旁。

黛絲琴常召季山到仕女室，表面上說需要他，其實只是要求他陪我到廚房幫她取些蜜餞，或護送我到花園剪些新花。有一次她乾脆撒謊說我抱怨太無聊，問季山能不能教我騎馬，顯然意圖湊合我們。

由於我即將嫁給帝嵐，使得情況變得有些奇怪，但我還是很喜歡與季山相處，兩人在一起的時光中，我變得全心依賴他。我好愛看他哈哈笑時，金色雙眸中閃動的光芒，沒想到他溫暖的笑容竟盈滿我的心。我從未想過自己能依靠一名男子，我與男人相處的經驗一直很差，但季山與眾不同。

依賴很快變成了信任，信任成為欣賞，然後在不知不覺中，欣賞悄悄成了既令人興奮又害怕的渴盼，我知道自己戀愛了。儘管如此，季山仍謹守小叔的身分，維持禮貌的距離。

數週過去了，帝嵐返家的傳言四起，不知我是否誤會了黛絲琴和父親的意思，我覺得季山對我的感情已逐漸改變，他待我更像嫂子，而非男女之情。

這段期間，帝嵐幾乎天天來信，暢談兩人以後的婚姻生活，雖然我的回覆都很短，甚至有些簡略，但他的回信卻越來越充滿柔情密意。為了避開哈札里，我從祕道溜進花園裡，找到長椅坐下來，帝嵐剛捎來的信被我捏在手中，我心想，自己究竟對這可憐的家族幹了什麼好事？這時季山找到我了。

「葉蘇拜？妳怎麼了？」他問。

季山坐到我身邊，從我指間取下書信，在大腿上攤平展讀：

我最親愛的拜兒：

相隔數月，思汝甚切，我何其希望此刻能陪在妳身側。家母雖有所求，但我打算略過最後幾站，等造訪完這個城鎮後便啟程返家。許或在妳收到此信前，我已經抵達了。我必須承認，每次我一闔眼便見到妳，能娶得如此美麗的嬌妻，我是最運的男人。妳臉上泛漾的光芒……

後的季山喊。

季山不再往下讀，他用指尖拎著信紙。「季山？」我問。「季山，你說話呀。」

他沒說話，僅瞄我一眼，便站起身快速地走向花園迷宮。「你要去哪兒？」我對著遁入樹籬

我終於在迷宮中央找到他了，季山靠在噴泉邊，張手撐住噴泉邊緣背對著我，季山說話時並未回頭看我。

「拜兒？」他低聲問。「他喊妳拜兒？」

「是的，不過我從沒要他那樣喊我。」

「可是妳並不介意。」

我不知該如何回話，伊莎喊我拜兒，我向來喜歡這項稱呼，感覺像兩人之間的祕密，這是愛我的人所用的暱稱。

最後我終於答道：「事實上，我寧可他不那麼喊我。」我走到季山後面，柔聲接著說：「我知道你喊你哥哥阿嵐，但我一向只稱他帝嵐，說真的，我不知道自己能否自在地喊他別的名字。」

我試著暗示季山，我愛的人不是他哥哥。季山還是不肯看我，我只好繼續喋喋不休地說：「我父親總說，小名是下等人才會用的稱呼。」我對自己的話皺眉，這話聽起來很無情，也不是我想跟他說的，我不僅侮辱他，還羞辱他全家。

「他現在隨時會抵達。」季山說。

「是的。」我答道。

「到時妳便會嫁給他了。」

「不就是那樣安排的嗎？」

「那……」

「那……什麼？」

「那是妳要的嗎？」他轉向我，伸手以指尖沿著覆在我髮上的紗罩往下撫探，已然鬆開的薄紗從我臉上滑落。「葉蘇拜？」

他用近乎愛撫的方式輕呼我的名字，令我四肢酥顫。雖然兩人站的距離不比過去貼近，但我們的關係似乎拉近了，空氣在周身環飛，裹住我的肌膚。

「我……」我雙唇輕顫，低垂著頭，在他的注視下，全然無法自持。「我並不愛他。」我終於喃喃說道。

季山倒抽一口氣，指尖輕輕劃著我的下巴，然後抬起我的頭，讓我再次泅溺在他金色的眼眸中。「妳愛上別人了嗎？」

我默默地點頭。

「告訴我是誰。」他說，我望著他掀動的雙唇，心臟狂敲，緊張不已，彷若只能專注在自己發麻刺癢的四肢上。我含糊而思緒紊亂地囁嚅道：「我希望與你成婚。」

一記心跳，接著又是一記，冰與火似乎同時凝聚在一個剎那裡。接著他燦然一笑，單純的表情中涵蓋陽光般的熱情與堅定的允諾。我尚未弄清狀況，季山已用嘴唇貼住我的手心，親吻我柔嫩的皮膚了。他的唇緩緩移向我的手腕，然後拉起我另一隻手。

我的神智愈發昏昧，只剩感覺與感官，我想要更多、更多他的唇吻，更多他的體溫，更多的季山。當我終於能集中心力聽見他的話時，季山已移至我的頸部了，他正說到要去與我父親商談。

我雙手抵住他的胸口，奮力將他推開。季山猛然往後退開，他的體溫驟然抽離，就像父親突然令我血冷一樣。「不行。」我低聲說。

「不行？妳這是什麼意思？」他與我一樣困惑不解。

「我是說，我們得小心行事，我父親是……是個很嚴苛的人。」

季山面色一凜，「我不會容許他再傷害妳了，葉蘇拜。」

「拜託……拜託給我一點時間跟他談談，或許我可以說服他重新考慮。」看到季山露出懷疑的表情，我又說：「我一定會設法讓我們在一起。」

「阿嵐就快回來了，我們若要改變婚約，就得快點決定。」

「我會立即捎訊息給他。」我拉起季山的手，吻住他的手指。「求求你，季山，這件事暫時只有我們兩個知道。」

他同意後送我回宮。我將哈札里喚到身邊，派他送信給父親，表示必須立即與他一談。當天晚上父親便出現在我房中了。我雖早有準備他會造訪，可是當他出現時，我的手仍禁不住發抖。

「帝嵐要回來了，應該這幾天就會抵達，季山對我告白了，我相信他會不擇一切阻止婚事。」

「我明白了。請往下說。」

「你若能適時鼓勵他，他可能會設法把你要找的東西弄來給你，屆時他們對你或許不再構成威脅，你就沒必要殺他們了。」

父親陰險地哈哈笑道：「妳以為這一切計謀是因為我覺得他們的存在猶如芒刺在背？妳錯了，傻女兒，他們跟妳懦弱的母親一樣不足掛齒，他們會被歷史的長流淘汰，妳以為我在乎他愛妳？以為我看不出妳喜歡他嗎？我不傻，葉蘇拜。別搞錯了，你們每個人的小命全握在我手裡，我在妳身上花時間是因為我願意，妳能活命全拜我寬宏大量之賜。」

他用手撫著下巴上的鬍渣，「不過，為了讓這場戲有悲慘的結果，我還是得說點什麼。好吧。」他瞥了我最後一眼，然後扭身面對窗口。「去告訴二王子，我明天傍晚在山丘間的兩國邊境與他碰面，到時我再決定，留下他的小命是否能充分取悅本大爺。」

我點點頭，沒想到自己竟幹出這種事。父親走後，我躊躇著還有沒有別的辦法。我再度失眠，第二天，我以顏色最深的面紗掩住自己的憔悴，亦用它遮去了自己涉入的惡行。我若不曾出世，不知世界會不會變得更美好，這不是我第一次這樣想了。

季山毫不猶豫地同意見父親。我們佯稱騎馬去看落日，一起來到邊界。父親正在等我們，他對季山點點頭，季山身上僅象徵性地戴了把佩劍和胸甲，我發現他根本不打算與父親起衝突。我忍不住咬著唇，直到咬出血來。即使季山全副武裝，不是以求婚者的姿態接近父親，也斷然不是父親的對手。

行過禮後，季山坦然表示，希望父親重新考慮他的提議。父親眼露狡光，季山的做法果然如他所料。「要我放棄頭銜，你拿什麼來換？」父親問：「你應該不會認為，我會因為不忍心而答應你的提親吧？」

季山出提出各種條件，財富、駿馬、戰象及任何他所擁有的財物，沒多久，父親便越來越不耐煩了。

「我不需要這些東西，」他老實不客氣地說。「季山，我覺得你是個果決的人，即使必須做點犧牲，也能痛下決定，我說得對嗎？」

季山兩手疊在胸口，「我在沙場上向來以果決聞名。」

「很好，那我就盡量有話直說了，小女葉蘇拜為了與你哥哥成婚，當上皇后，一直壓抑對你的感情，可惜她似乎無法抹滅對你的愛意，只想選擇你。老實說，你們兩人若從未謀面，對雙方家庭與國家也許更有好處，但我這個人就是心腸軟，很能理解年輕人的愛。」

我挑起一邊眉毛，但默不作聲。

羅克什接著說：「我很同情你們的難處，因此我會同意改變婚約。」

季山放聲大笑，環住我緊緊抱著。

「可是……」父親說，顯然對季山的行為不以為然，「你必須同意我的條件。」

季山從我身邊站開，瞬間從戀愛中的年輕人，變成十足令其父王感到驕傲的王子。「我不能代家父對你承諾任何事，我只能把屬於自己的東西給你，你若想要其他更多的，得去跟我父母談。」

羅克什用手環住季山的肩膀，「兒啊，我可以這樣喊你嗎？」他沒等季山回答，「咱們先別把他們扯進來，這次的協商非常微妙，我們應該小心進行，嗯？」

季山勉強點點頭，「你的條件是什麼？」

「噢，我的條件不多，只是一件小事。是這樣的，我是個收藏家。」

「收藏什麼？」

羅克什仰頭大笑，「很多東西，不過就你的情形，你手上有份東西我可能很感興趣，我覺得放棄葉蘇拜的頭銜或許是項不錯的交易。」

「是什麼東西？」

「你們家族有個護身符，事實上，有兩個。」

「達門護身符嗎？你要它們做什麼？它們根本不值錢，只是家傳的小飾品罷了。」

「是啊，我知道它們不值什麼錢，但它們非常古老。」羅克什笑得像頭豺狼，「而我對老東西又……情有獨鍾。」

「原來如此。」

季山低下頭，咬牙考慮父親的提議，最後說道：「我可以把我的那一片給你，但另一片是帝嵐的，我懷疑他會為了讓我奪走新娘而考慮放棄。」

「是的，我瞭解那是個問題，不過若沒有兩片護身符，咱們就不必談了，我們若無法安排，葉蘇拜便會嫁給你哥哥，不管她有多難過。」

季山沒說話，但我可以看見他眼中的焦急，他雖非我不娶，卻知道帝嵐絕不會為了失去我，而主動放棄自己的護身符。

我感覺父親在季山背後匯聚能量，包繞季山，假如他無法操弄這名王子，便會將他殺掉。

「季山，」我說：「也許還有別的辦法。」

「什麼辦法？」他喃喃說：「阿嵐不會幫我們的。」

「如果我們攻其不備呢？」

「怎麼說？」

「是啊，女兒，此話怎說？」我並未忽略父親語氣中的脅迫。

「如果我們安排一場搶劫呢？」

「阿嵐的護身符並不戴在身上，連我都不知道符片在哪裡。」

「我父親可以派喬裝的士兵，在阿嵐返家途中攔截他，他們會得到特別的指示，打探符片下落，你趁他們拖住阿嵐時去取符片，阿嵐絕對不會知道是我們搞的鬼。」

尾聲　消逝

事情並未完全依計畫走，第二天晚上，哈札里及父親的幾名手下將我從宮中擄走，帶我回布里南，季山在那裡張開雙手，熱情地與我相會。「怎麼回事？」我問。

「阿嵐果然不好對付，他拒絕合作，因此被帶到這裡。等他抵達時，我們就去大廳接他。這跟原先的計畫不同，可是阿嵐逼得我們沒其他選擇。令尊說，我們必須坦然跟他對抗，他相信阿嵐若看到我們三人聯手，會比較好商量。就技術而言，我哥是令尊的囚犯，但令尊跟我保證只是想嚇唬阿嵐，等阿嵐拿出他要的東西後，令尊便會簽定新的婚約了。」

「可是……」

「啊，親愛的，妳來了。很抱歉，季山，在令兄抵達前，我要先送小女到她的閨房休息更衣。」

「當然。」季山說著，按了一下我的手。我被父親強行拉走，等來到房間時，我驚呼一聲，看到正在等我的伊莎。她削瘦許多，且一臉憔悴，但仍活著，這樣就夠了。

父親指著床說：「把那些衣服穿上，妳得做最出色的打扮，別戴上平時的面紗，妳得讓兩兄弟分心。如果妳運氣絕佳，我會放他們其中一人活命，萬一我的計畫失敗……」他走向前抬起我的臉，逼我直視他的眼睛，「妳所愛的每個人都會受盡折磨，懂我的意思了嗎，葉蘇拜？」

「懂了。」

「很好，我會派哈札里來接妳，去準備吧。」

門關上後，伊莎向我奔來，「噢，我的寶貝女孩！」

「伊莎，我好害怕！他要把他們殺掉！」

「妳別想那件事，一次只專心做一件事就好，咱們先幫妳著裝。」

兩小時後，我穿過長廊，腰際與腳踝輕響著鈴鐺，我的烏髮編纏著金銀珠寶，以前我從未如此示人，少了面紗，感覺有如裸身，但我挺直肩，抬著頭。季山從一根柱子後走出來。

「葉蘇拜。」他驚喘說：「妳……妳看起來好美！」

「謝謝你，衣服是父親幫我挑的。」

「也許他的意思是要我們立即成婚。」

我對他淡淡一笑，「也許吧。」

「我跟妳保證，葉蘇拜，我們一定會設法在一起，我願為妳做任何事。」

他用額頭抵住我的，我大膽地捧住他的臉，輕聲說：「我知道。」

就算父親容許季山活命，我也知道他早晚會殺掉季山，消滅我們之間萌生的脆弱愛苗。當我挽著季山的手，讓他帶我進入謁見室時，我知道他遲早會明白我幹下什麼事，並因此恨我。我試圖拯救羅札朗家，結果卻害他們受我牽連，慘遭與我相同的命運。

逃不掉了，我慢慢走向父親所坐的台子，覺得彷若步向絞架。希望之火使我對現實盲目，此時我坐在父親旁邊，被火焰吞噬，當帝嵐被帶進來時，我徹底絕望、崩潰了。

帝嵐受過毒打，但我並不訝異，季山就算吃驚，表面上卻未露聲色。阿嵐遭父親逼供、嘲弄與蔑視，父親會如此明目張膽，捨去常用的巧言令色、小心盤算，表示他真的不打算讓兩位王子活命了。

我滿懷羞愧，雖然看著悲劇在我面前上演令人心碎，卻無力回天。我明知父親不可能被擊敗，卻自欺地以為自己能找到辦法。我好傻。

我迷迷糊糊聽到父親說：「也許你們想看看我展現神力，葉蘇拜，過來！」

「不！」帝嵐和季山齊聲大喊。

我只能搖著頭，看父親匯聚能量，準備出擊，他就要開殺戒了，我必須做點什麼，但我每絲本能都叫我小心為上，父親絕不會原諒任何形式的背叛。我害怕地僵在原地，接著帝嵐說，我的血液裡流竄著父親的惡毒，他說的是實話嗎？

我難道沒有同謀，竊取羅札朗家的東西？沒有枉顧別人，以自己的需求為先？我不是藏了武器和毒藥，打算殺掉後來我愛上的男子嗎？惡毒的人不是父親，而是我，將這兩位高貴的王子引向死亡的人是我。淚水衝入我眼中，我知道自己擺脫不了父親了，邪惡的本質在我的血管內流竄。

我惱怒地明白自己的本質與身分後，決定再也不當羅克什的女兒了，我想當好人，做個勇敢高貴的人，一位值得季山去愛與付出的人。我喉中發出可悲的哀鳴，我再不設法，他們就死定了，但伊莎和我則可能存活。我若與父親相抗，他定會讓我陪葬，然後再慢慢折磨、報復我的奶娘。

父親繼續說：「想聽她尖叫嗎？我跟兩位保證，她可是尖叫高手，我再給你們最後一次機會，把符片給我。」

這個謊言扭轉了一切。我一輩子畏懼父親與他的魔力，每個清醒的時刻，我都活在對他的恐懼裡。當他對兩位王子宣稱，他讓女兒害怕到尖叫時，我才明白原來這就是父親想要的，但我從未讓羅克什稱心，因為我總是裝作不動聲色，彷彿他根本不是怪物，而是個人。

雖然他真的將我傷害到幾近崩潰，但他畢竟未能得逞。在我十六年的生命裡，羅克什從來沒有，連一次都沒有造成我尖叫。思及此處，我內心生出前所未有的勇氣。

羅克什——我在心中發誓再也不喊他父親了——持刀走向帝嵐，對他施咒。我看到他們身上射出光芒，我還來不及動作，季山已跳起來撞向父親，羅克什揮動魔力將王子摔開。他在折磨季山時，被綑住的帝嵐則徒勞地掙扎站起，我發現季山已成功奪下羅克什手中的刀子。

兩名王子的慘叫聲激起我蟄伏的憤怒，得有人想點辦法，採取行動才成，我發誓要成為那個人。我違逆所有十六年來的順從本能，抓緊自己所坐的金椅扶把，奮力站起來。

在擺脫羅克什的桎梏後，我舉抬雙臂，喃喃懇求神明，讓我能使出本領，治療並保護他人。

我像鯉魚一樣地擠出身上每分力氣，超脫與生俱來的困境，將體內的能量射向兩位王子。

我的私願獲得了應允，我可以感覺父親加諸兄弟倆身上的傷口癒合了，羅克什發出憤怒的咆哮，我悄悄移動，化作隱形，然後抓起季山扔在地上的刀子。

我不像黛絲琴有戰鬥經驗，心中亦無盤算，但我握有武器。羅克什橫在帝嵐身上，快速旋動他的護身符，接著我出擊了。我匯集所有力氣，將刀子深深刺入父親背部，他尖聲怒吼，聽得我大快人心，但快意轉瞬即逝。我原本希望我的攻擊能引開他一陣子，給兩兄弟足夠的時間脫逃，卻見羅克什拔下背上的刀子，像只是被蜜蜂螫了似的，輕易擺脫痛楚。

羅克什走向季山，我現身擋到季山面前，用手抵住羅克什的胸口吼道：「不許你碰他！」

「葉蘇拜，不要！」季山虛弱地說，試圖將我推開，但羅克什正處於狂怒，他喚動風力，強風從他體內朝八方噴旋，我被他吹到空中，往側邊一摔，好讓他對季山動手。風載動我的身體。

我在跌落時，頸子剛好擊中台子，我聽到喀喳一聲，感到一陣劇疼，但痛楚立即被麻痺蓋過，我的身體當即停止呼吸，身邊一切俱止，四周變得如夢似幻，靜寂得詭異。

我看到季山站起來，但他似乎被凍結住了，不知是否被羅克什動了手腳。接著我聽到鈴鐺聲，一名美豔的女子出現在我面前。她看到了由我而起的背叛慘劇後，跪到我身旁，拉起我的手。女人的眼神透著慈悲。

「哈囉，葉蘇拜，」她說：「我一直很想見妳。」

女人穿著閃亮的袍子，眼眸綠如浩瀚的森林，臂上套著蛇形金環。她緩緩用手劃過我的脖子，然後說道：「妳若想說話，現在可以說了。」

「妳……妳是誰？發生什麼事了？」

「我是女神杜爾迦。」

「女神？」我淚眼盈眶，神明果真回應我的祈求了，「那麼您是來這裡救我們的嗎？」

女神哀傷地搖搖頭，「不，那不是我到此地的原因。」

「我不明白，那您為何到這兒？」

「我說過，我想見妳。」

「為什麼？」

「我想知道妳是什麼樣的人。」她瞄向被凍在原地的三名男子，靜靜說道：「尤其想知道妳愛不愛他。」

「我愛不愛誰？」

「季山。」

也許是我的頭撞得太重，做起白日夢了，但女神感覺卻栩栩如生，而且她有種氣韻，令人想對她坦認真相。「是的，」我輕聲回答：「我愛他，對於帝嵐的事我很抱歉，他是位好人，不該受這種凌虐，如果時光能夠倒轉，我的做法一定有所不同，真的。」

女神打量我，然後點點頭，「我相信妳。」

「他們的命運不該受我牽連。」

「我不希望妳再擔心他們的命運了，葉蘇拜。」

「可是羅克什……」

她撫觸我的臉頰，彎身低語道：「妳父親將會被擊敗，但並不是在此時。」

「我能活著看見嗎？」

她頓了頓，思索我的問題，然後無可奈地說：「我跟其他人的想法不同，覺得知道自己的未來無妨，因此我會回答妳的問題。」她拉起我的手，用雙手包覆住，我正奇怪自己為何沒有知覺時，她便說：「妳活不過今天，剛才那一跤摔斷了妳的脖子。」

「但我可以治癒自己。」

女神搖搖頭，「妳為了保護與治療兩兄弟，付出了極大的代價。妳為了捍衛他們，已耗盡自己的能量，變得與常人無異了。」

淚水泛入我眼中，她耐心地候在我身邊，直到我能再度說話。「那麼我對妳證明自己了嗎？」

「妳不必對我證明什麼，葉蘇拜。」

「也許吧，但季山說，即使是最低等的生物，只要獲得神明認可，也能獲得禮賜。」

女神猶豫了一下，然後微微頷首，「妳想要什麼禮物？」

「妳能……照顧他嗎？」

女神似乎鬆了口氣，她嚴正地點頭道：「會的，我會照顧兩位王子，這點我答應妳。」

「妳能否也拯救伊莎？」

「伊莎是誰？」

「伊莎是我的女侍，羅克什會將報復施加在她身上。」

女神抬眼瞄了一下，望著我看不見的地方，然後點頭說：「好，我會給她一個避難處。」

「那麼我的犧牲就值得了。」

「是的，安息吧，小女孩，妳非常勇敢。」

女神在一片明光中消失了，我再度發現自己無法呼吸。季山將我擁在懷中，用唇貼住我的太陽穴，哀求道：「Dayita，我的愛，別離開我啊。」

我不確定自己配得上他那殷切的低語和允諾，但我心中依舊充滿感激。

在我臨死之際，心頭最後的懊悔，並非愧對伊莎、帝嵐，或對抗父親，甚至是留下季山一人，因為女神的允諾已讓我對他們放心許多。

是的，當我垂死，最悔恨的是，在季山終於吻住我時，我竟然無法感知。這是自從在空中花園中，站在他身旁後，我一直渴盼的事，死亡奪走我體驗他醉人唇吻的滋味，但至少季山是我離開人世時，眼中最後所見的人。

外一章 俞瓦蘋的故事

源起

女孩渾身哆嗦地裹緊肩上的披巾，以便保護自己，然而單薄的亞麻紗起不了作用，女孩心裡明白，即使自己從頭到腳以最堅實的鋼鐵包覆，也永遠無法感到安全。十七歲的女孩站在軍閥的寢室裡，不懂自己的命運怎會走到這一步。

父親的僕人隨意將她留在國王大將家的門階上，此人連她父親最具權勢的朋友，都只敢搗著嘴悄聲談論他。女孩知道經商的父親最近結交了一些具影響力的新朋友，否則他怎會突然飛黃騰達？但她真的不知道父親的人脈竟能上達國家高層。

他們家向來頗為富裕，但俞瓦蘋是七名子女中的老大，家中食指浩繁，她知道父母很早便會讓她出閣，不過她一直希望出嫁的對象，即使不是曾對她表示好感的城市青年，年紀至少不會與自己相差太多。

俞瓦蘋有過很多選擇，她跟母親一起工作，或在店裡盤點時，最愛的消遣就是幻想自己若嫁給其中一名青年，會過著何種生活。她當然有偏愛的幾位，大多生得俊美或家產殷實，運氣好的話，或兩者兼具。她那精明的父親讓這位美貌如花的女兒，在對生意有利的人士面前亮相，因此俞瓦蘋有許多機會考慮誰可能參與她的未來。

見過俞瓦蘋的人都同意，她的絕美能讓任何娶她的年輕男子自豪，就算俞瓦蘋並不美，財力稍窮一些人家的兒子，也會經常來訪，以期博她青睞，並搭上商人的生意。隨便哪位男生，甚至是那個面色紅潤，一嘴洋蔥味的胖男生，也都比眼前這個選擇好。

俞瓦蘋原以為，當她以成人的身分離開娘家時，至少會成為丈夫明媒正娶的妻子，她怎麼都沒料到，父親竟以這種可恥的方式利用她，將她嫁給一個偷走她未來夢想的人，還有比這更糟的事嗎？

當父親宣布他的打算時，俞瓦蘋的母親已無力阻止了。再多的眼淚也喚不回他的心意。「說定了就說定了。」父親抬手阻止討論，然後指示女兒做好離家的準備，之後便斷然離開了。

年輕的女孩僅拎著一個小袋子，裝進兩件她最漂亮的衣服，便被帶到外頭了。她母親絞著手，低聲對丈夫說些俞瓦蘋根本不想聽的可怕事情，母親哀求父親考慮別的選擇，或至少商量先辦場正式婚禮，但連她都能看出父親眼中充滿了恐懼。

父親連再見都沒說，他將滿面淚痕的妻子緊箍在懷中，一邊突然對著要帶女孩離開市集的僕人點點頭。女孩緩步跟隨男僕，男人彎彎折折地穿越一家家繁忙的店舖，來到大街上。俞瓦蘋訝異地看著城中的商業區漸漸變成更富裕的住宅區，接著他們經過許多外交官與官員宅第，但男僕還是繼續前進。

俞瓦蘋開始懷疑自己的處境，也許母親誤會了，父親畢竟還是幫她挑了好人家，說不定某位權貴無意間瞧見她美麗的容顏，在眾千佳麗中，挑她去當高官的配偶。女孩咬咬嘴唇，就算此人年紀較大，也不至那麼糟吧。

對方若是有責任感的人，她將關係處理好，說不定會考慮娶她。俞瓦蘋認為，至少自己不至挨餓。俞瓦蘋被帶到防禦得滴水不漏、國王軍隊駐紮地的大門時，才真正明白發生什麼事。

「我是要當戰士的妻子嗎？」她問身旁的男僕。

男僕嘲弄道：「不是戰士，妳父親才不會把妳嫁給那種人。」

她眨眨眼，思忖一番後問道：「是國王嗎？」

男僕聽了哈哈大笑，「妳以為妳有美到可以讓國王忘記他深愛的妻子嗎？」

俞瓦蘋不知該如何回答，若說出她真正的想法，對方會認為她太自大，但俞瓦蘋最自信的便是她的容貌了。俞瓦蘋無須回答，因為此時沉重的大門一下子被打開了，陪她來的男子對守衛們快速行舉手禮後，便轉身折回來時路了。

俞瓦蘋忽然被國王的守衛團團圍住，她從未感覺如此孤單。她問其中一人，自己要嫁的對象是誰，守衛不僅沒回答，連瞧都不瞧她一眼，跟石雕一樣冷漠無情。恐懼忍不住化作淚水滴落而下，沉重的門鎖哐噹噹地打開，聽起來像可怕的監牢，連俞瓦蘋的步伐都像上了腳鐐與沉沉的鍊球，變得遲緩蹣跚了。

一名面色嚴肅的女人在彎曲的樓梯頂端迎接她，此地接近皇宮，且比她見過的住家大上許多，俞瓦蘋以為宅邸內部必定十分富麗堂皇，然而這裡的走道卻陰暗到令人費解。此處顯然沒什麼窗戶，少數看到的窗子也都裝了粗厚的鐵條。

天花板很低，途中彎曲處極多，俞瓦蘋覺得像被困在花園迷宮裡，四周的植物與她爭相搶路，想淹沒膽大妄為的闖入者。派來帶引她的婦人就像受到冤屈的女巫一樣陰森。

她帶俞瓦蘋到一間房間，雖算不上豪華，但比她剛才行經的走廊好多了。俞瓦蘋很快發現，這並不是她的寢間，因為她的袋子很快被拿開了，床上擺了一件薄薄的白袍。婦人離開時警告說，她的主人一個小時內會回來，俞瓦蘋若是夠聰明，最好設法取悅他。

俞瓦蘋最後一次問道：「他是誰？妳的主人是誰？」

女孩從婦人眼中看到了悲憫，想必是光線作祟吧，因為那抹同情稍縱即逝，無法帶來任何慰藉。至少婦人回答她的問題了，「他的名字叫羅克什。」說罷婦人離開房間，將背後的門關上。

「羅克什？」俞瓦蘋囁嚅道。婦人一定講錯了，市集裡對這位國王的大將謠傳甚囂，說他犯下的暴行從叛國到屠殺無辜都有。好聽一點的說他與惡魔共謀，奪取權勢，但大部分謠言都指他就是惡魔。這怎麼可能？父親怎麼可能把她交給這樣的人？

至少現在俞瓦蘋明白父親眼中的恐懼了，跟魔鬼討價還價的竟是自己的親人，卻要教她受苦。她本能地知道自己最好堅強些，努力爭取惡魔心中一丁點的慈悲。俞瓦蘋小心翼翼地穿上為她準備的袍子，用手指耙梳自己烏黑的髮絡，抽開仔細編妥的辮子，讓秀髮在背後披成長浪。

她撫平袍子上並不存在的皺褶，然後步入陽光下，轉動身體，讓光束打在她臉上，照亮她的眼眸。由於緊張，等待的感覺十分漫長，但她終究會後悔太短。門重重地碰一聲打開了，她所畏懼的人一動也不動地站著瞪她。

俞瓦蘋半個字都沒說，只是昂然挺身，微斜著肩，睜大眼睛，然後溫婉端莊地垂下眼睫輕聲說道：「大人。」一並低首微微行禮。

羅克什二話不說，往前一個大步，粗暴地抓住她的下巴，將她的臉抬起來看著她。羅克什瞇著眼，鼻孔賁張，「妳叫什麼名字？」他問，燙熱的呼氣吹在俞瓦蘋火燒般的羞紅臉頰上。

「俞瓦蘋，家父是……」她說。

羅克什掐緊她的下巴，打斷她的話，「我才不在乎妳是誰的女兒。」他凶惡的眼神滑下她的胴體後又轉回她臉上，「我想妳算夠漂亮了。」

「謝……」

「別說話。」

俞瓦蘋非常識趣地住嘴。接著羅克什轉身開始脫下披風，然後坐下來，面色惱怒地要她幫忙脫靴子。俞瓦蘋不敢怠慢，但當她吃力地脫著靴子時，羅克什將她摔到一旁。俞瓦蘋撞到桌子，桌子應聲翻倒，她在摔跤時臀部也瘀傷了。羅克什的手幾乎未碰到她，但力道竟強大到害她幾乎無法再站起來。

此時俞瓦蘋明白了兩件事，首先，得到她的這名男子比謠傳中描述得更可怕、強大。其次，此人脾氣暴躁，心中不存半絲溫柔。俞瓦蘋唯一的活路便是取悅他，從此俞瓦蘋把求生變成她終生的目標。

俞瓦蘋對於自己在羅克什的生活中能有什麼分量，完全不抱幻想。羅克什不需要她時，她便盡可能低調、隱匿，一旦須利用她，俞瓦蘋便前來滿足他所有的需求。不消多時，過去的日子已如雲夢，以前可曾有人愛過她？想讓她幸福？那似乎是不可能了。

如今羅克什和他所造成的痛苦，就是她全部的世界，羅克什像被烏雲籠罩，你無法預測雷電何時會擊落，何時會挨罵受罰。若有模式可循的話，俞瓦蘋早就發現了；她相當擅於察言觀色，知道誰準備掏錢購買，或只是在市集裡晃盪，想偷蘋果或打算殺價。

但俞瓦蘋無法解讀這名男子，他翻臉如翻書，憤世嫉俗，卻又有種破碎而不完全的感覺。羅克什迫切地渴望某種東西，俞瓦蘋雖極盡留意，他卻從未透露半分線索。

俞瓦蘋發現自己懷孕時，猶豫著要不要告知他這項消息，羅克什也許會覺得她已不再有利用價值而殺掉她，但另一方面，羅克什可能只是單純地將她拋棄。她母親或許會讓她回家，但可能性很低，因為她丟盡顏面，還懷了孩子。

像她這樣的女人雖有地方可去，但被染指的女人和她的子女，一生是不會幸福了。不過在外頭苟延殘喘，也許勝過與羅克什生活。俞瓦蘋心事重重地考慮各種選項，發現沒有一樣結果能帶給她和寶寶幸福，這時她的主人回來了。在幫他脫去靴子，遞上從水罐倒好的涼飲後，俞瓦蘋決定對他坦白。

俞瓦蘋接過喝空的杯子，轉身放到桌上說：「我懷孕了。」

她背對羅克什，因為不敢面對他的回應。俞瓦蘋發現羅克並什沒說什麼後，猶豫地轉向他，羅克什臉上竟露出一種……既非歡喜或快樂，而是……滿足的表情。

「妳確定嗎？」他終於問。

「是的。」俞瓦蘋答道：「我想已經有三個月了。」

「懷孕了。」他若有所思地打量她一會兒，然後離開寢間。

羅克什徹夜未歸，第二天他來找俞瓦蘋，叫她準備結婚，他已安排兩人在下週舉行婚禮了。俞瓦蘋不知該怎麼想，但羅克什對這項消息的反應，已遠超過她的希望。俞瓦蘋安慰自己，若是非嫁惡魔不可，至少能明正言順地將孩子生下來。

羅克什似乎也這麼想，他經常提說要正大光明地生下兒子，不知為何，他似乎很重視這點，俞瓦蘋希望，羅克什若對她無愛，至少對孩子能柔和些，而他真的也比較……溫柔了。

婚禮過後，俞瓦蘋的父母在一場小小的儀式中祝福她，卻小心翼翼地避免直視她。俞瓦蘋遷入一間舒適很多的房間，有更多的女侍，更棒的是，羅克什跟她在一起時，多在談論寶寶、詢問她是否安適、與產婆諮詢。羅克什在國內的威望與權勢更勝以往，他說要創造一份可以傳承給兒子的家業。

羅克什不斷談著兒子，俞瓦蘋不敢多想，萬一生下的是女兒，會發生什麼事。她希望羅克什能寵愛女兒，但想到他的個性，便覺得這種希望樂觀得不切實際。神明應該看到她默默受苦了，一定會賜給她一名麟兒。

可惜事與願違。

俞瓦蘋開始陣痛時，異常地珍惜這種痛楚，相較於丈夫在她宣布懷孕前，施加她身上的毆打，陣痛根本不算什麼。她知道若能為羅克什產下寶貝兒子，便能為自己和孩子爭得安穩的地位。也許這場婚姻還是有救，她會更努力討他歡心，把自己塑造成他希望的模樣。

產婆說她不曾見過如此順利的產程，當僕人為俞瓦蘋擦拭額頭，餵她喝水時，俞瓦蘋心想，她終於獲得神明保佑了。俞瓦蘋聽到啼哭，看見產婆拿毯子將孩子包住，俞瓦蘋只覺放鬆而滿足，因為她給了丈夫苦苦冀盼的孩子了。

分娩結束後，僕人在四周奔忙，帶著笑容的新媽媽睡著了，她苦樂參半地斷續回想，自己以前曾是多麼美麗快樂的女孩，若非那個小東西，她根本不可能笑得出來。那個躺在她身邊搖籃中的小女嬰，那將是俞瓦蘋短暫生命中，最後的一抹幸福。

那美麗快樂的女孩芳齡僅十八，生著烏溜溜的長髮與明亮的紫藍色眼睛。惡魔的妻子從美夢中醒來，看見丈夫站在身邊，怒到臉色發紫。當他以雙手掐住她的咽喉，偷走她體內的空氣時，她僅勉強聽出他痛罵她生下了女嬰。

在生死間彌留的片刻中，俞瓦蘋只剩下一個念頭，不是自己被偷走什麼、不是她失望的雙親、凶殘的丈夫或疼痛的胸肺。在那珍貴而稍縱即逝的數秒中，俞瓦蘋想著此生唯一帶給她真正快樂的事——她對纖小的寶貝女兒的愛。

這份愛令她感到完滿。

外二章 阿嵐的故事

訂婚

我的一生，在父母親來訪當日，母親問我是否準備好訂婚的那天，便徹底改變了。結婚在我心中從非要事，但我同意考慮，因為能為國家帶來和平，而且母親顯然十分喜歡這名女孩。我知道家母不會輕意挑中人選來替代她的后位，成為我新娘的女子必然十分獨特。

我果然並未失望——雖然那並不是我最初的感受。

我高踞在建物的清涼陰影中，看訂婚的對象抵達。我的腳下是小型但繁榮的城市，車隊比預期的早到，當我看到車子穿過大門，越過裝飾華麗的拱門時，雙手竟忍不住地顫抖起來。我竟會為了一名尚未謀面的女孩，像初上戰場的新兵一樣發抖，這真是教我既興奮又沮喪。

我心跳加速，熱血奔騰，我高興地發現自己迫不及待想見未來的新娘，學習去瞭解她的一切，並藉此暫時擺脫盤據心頭的戰事。她會是什麼模樣？

我想瞭解她的好惡，想記住她雙手的動作與髮香，或許我會有充足的時間陪她，知道她最愛吃什麼菜。我渴望聽見她的笑聲，不知她對我這位未來的皇帝喜歡寫詩一事做何感想。

當她靠近時，我的心思飄移起來。母親曾提過，我若允婚，婚約最好早些訂下來，母親還暗示女方與我們在一起，比跟自己家人同住更安全。她是不是遭到傷害、凌虐？想到有人傷害她，我便忍不住握拳。若是讓我發現那是事實，我定會將傷害她的人滅了，我已對她起了保護欲，這是個好兆頭。

車隊在做為我臨時總部的華宅前停下，車隊前方的士兵們圍住馬車。我以手撐住雕欄，探身喊問卡當的士兵，途中是否發生任何狀況。他們答說旅途一路平安，輕鬆得就像泡熱水澡一樣，帶隊的年長戰士說他很想好好泡個澡，此人已即將從部隊退休了。

我安慰隊長說，食物與休息的舒適場所已備妥等著了，他們可以舒服地洗去旅途的塵土了。這時簾子一陣飄動，我看到一隻美麗的手縮入車中的陰影裡。我咒罵自己未能立即到門口迎接她，轉身速速下樓，跳到馬車邊，一名士兵剛伸出手臂扶她。

我緊張地用手耙理頭髮，努力在臉上擠出迷人的笑容，等候她轉向我。她幾乎比我矮兩顆頭，且披著層層衣衫，我根本無法得知道她的體態或長相。看見她戴著寶藍色面紗，我覺得是個吉兆，因為那是我最愛的顏色。我表示：「歡迎妳，美麗的葉蘇拜，很榮幸能見到妳。」

我低頭行禮，直至感覺她轉向我，接著，我抬頭看向她的目光。那是我見過最美麗的眼眸——明麗的紫色令我想起母親呵護的粉紫色玫瑰。雖然薄紗掩住她的面龐，我卻能隱約見到她臉頰的弧線、豐潤的嘴和細緻好看的下巴。

我明知此舉太過唐突，卻克制不住地拉起她的手，吻住她纖細的手指。「很高興妳能前來。」我熱情地說，再度從手上抬眼鎖住她的目光。

「我也很高興能來到這裡。」她輕柔卻冷淡客氣地說。

我雖對自己的貿然與她的冷淡不滿，但精於應對的我，表面不露聲色。我輕輕握住她的手指，將她的手放下，然後把手放到背後踏開幾步。我想得太多，想得太快，而且顯然嚇著她了。

也許她並不像我這般期待婚事。

或許接近男人令她戒心大起，我擅長解讀肢體語言，看得出她視我為陌生人，還無法信任我。我想盡一切力量，證明自己值得她信賴，可是卻像隻莽撞而未經調教的小狗一樣地向她衝過去。

「妳想不想先休息？如果妳想獨自用餐，我可以派人把食物送過去。」我邊走邊說。

她考慮片刻後答道：「不用了，我想跟大家一起用餐。」

我輕輕點頭表示知道了，我不僅考慮她說的話，更思忖她說話的方式。我不覺得她特別想與我共餐，但她認為那是她的義務。我最不想強迫女人為了義務而與我成婚，我要的是愛，也許這件婚事談不成了。

「那我們一小時後開飯。」

她點點頭，我要剛雇來的幾名婦人在她留宿期間照料她所需，她們匆匆走向前，簇擁著葉蘇拜回房，幫她安頓。我心情低落，有些失望，但拒絕讓壞心情減去先的期待。我決定給葉蘇拜一些時間考慮婚事，便在等她回來的期間，跟卡當的士兵們碰面。

晚餐時大多是我在發言，她則簡短地回應，微點著頭，我的挫敗感漸強，這不是我想要的。想像中，與我共度餘生的女孩應該更活潑、熱情，更……大膽直率。我希望能找到一位能堅定自己立場，不因我是男人或王位繼承者，便唯唯諾諾的人。

晚餐後，我在屋頂上踱步，思索該怎麼做才好。我該將葉蘇拜遣送回去，告訴母親她選錯人了嗎？葉蘇拜確實很美，談吐又優雅，但那還不夠。我要求更多有錯嗎？

月亮倏然破雲而出，我瞥見葉蘇拜在底下的陽台上，她穿著一襲燈籠袖的白色薄袍，面紗自光潤的臉上撤去，黑髮披垂，髮稍幾乎著地，幾莖髮束在微風中飄盪。

她的美貌再度震懾了我，我站在這裡注視她，看著她抬手撫拭自己的臉龐。她一而再再而三地擦著臉，我雖聽不見聲音，卻知道她在哭。

嫁給我有那麼可怕嗎？她覺得被綁住了嗎？也許她以為若不同意婚事，我們便會棄她不顧，或許她寧可做別的事，也不想嫁人。無論如何，她應該知道我們會保護她，我很訝異母親竟未跟她解釋清楚。

我走下樓到她的陽台上。「葉蘇拜？」她機警地扭身看我，我抬起手，「若嚇著妳了，我很抱歉。剛才我在屋頂上聽見妳哭。」那不是真的，她根本沒發出聲音，但我想不出別的說法了。「妳能告訴我怎麼了嗎？」我問。

她紫色的眼睛在月光下如明燈，看起來宛若緊張的森林小妖，隨時準備跳過陽台竄飛離去。

「沒……沒什麼事。」她終於回答了。我知道她被逮見偷哭而十分懊惱。

我踏近一步，「我跟妳保證，我真的不願見妳受傷或不快樂，妳若不想當我的新娘，這事並不難辦。」

她驚惶的表情令我不解。「不行！」她說：「你千萬別將我遣走。」

「我不是那個意思。」我揉著下巴打量她，不懂自己為何老是說錯話，這很不像我。我又試了一遍。「我的意思是，假如妳不想結婚，我不會勉強妳，事情都尚未說定，妳可以自由地選擇。」

「自由？」她半苦笑半哀怨地吐了口氣，然後表情一僵，抬起眼睛看我，然後轉身背對我，「我若能自由就好了。」她把話說完。

「妳可以的。」我拉近彼此的距離說：「嫁給我，不會是逃開那些傷害妳的人的唯一辦法。」

她吸吸鼻子，問道：「你這話是什麼意思？」

「我的意思是……」我覺得她並不希望我碰她，害我雙手不知該擺哪兒，只好尷尬地疊在胸前。「我是指無論如何，我們家都會保護妳。」

「那誰來保護你們？」她的話如此輕柔，我幾乎聽不清楚，可是等我聽見後，便了然於心了。她在害怕，但不是怕我。

「葉蘇拜，我不會讓妳受到傷害。」

她轉過頭，全心全意地看著我，沒有猶豫、保留、隱藏，就像她靈魂的窗口向我敞開，讓我直見她的本質，她真正想成為的那個人。她本性堅強，卻藏得極深，我懷疑她瞭解自己有這份特質。

我不知自己有沒有拉近距離、掀開她層層掩飾的能力，即使有，也得耗費許多時間與耐性，但我覺得結果應值回票價。

我靜靜地問：「妳想要什麼，葉蘇拜？」

她遲疑地囁嚅著，眉頭深鎖，似乎不明白我的問題。「我想要……」她頓了一下，「我想要跟一位愛我的人在一起，我想與你的家人在一起，我想擁有安全感。」

我笑了，張手伸過去，她將纖秀嬌小的手拉入手中。她的手指雖然顫著，但我將另一隻手覆上去緊扣時，葉蘇拜並未抗拒。「我答應給妳所有那些東西，如果……如果那是妳想要的話，葉蘇拜。」

葉蘇拜望著我們的手，然後對我凝視片刻，最後終於說道：「那是我想要的。」

那就是我的轉捩點，我看到她想成為的那個人了，她被面紗掩住的堅強與熱情，得用許多的善意與耐心引喚出來。我決心等待她，我可以等她學著來愛我，我們可以將婚期延後，我們雖決定直接談妥，但可以先訂好幾年的婚。我相信假以時日，我們將彼此瞭解，獲得幸福。

當我提議將第二天的婚訂延後時，葉蘇拜反對，說我們必須在她回去前簽妥合約。我花了好幾個小時，才字斟句酌地以迂迴的問題，讓她坦承堅持聯婚的人是她父親，她若無功而返，羅克什必然會叫她吃足苦頭。

我知道她父親是位聰明狡猾的軍事領袖，憑藉高明的手腕打入統治階層，但現在我還知道，他就是恫嚇他女兒的人。這令我怒由中生，尤其又無法立即懲治他，我得小心翼翼對付他才行。

重點是要維護葉蘇拜的安全，遠離他的魔爪，貿然報復或對付傷害她的人，也許會破壞我們努力的目標，至少羅克什會終止婚約，然後藉口我們侮辱他與其家人，而全力對我方開戰。我必須從外交訓練的角度去思考，抑住戰士心中的那把怒火，等候時機來臨。

我們的聯婚雖能帶來政治優勢，但我並不希望葉蘇拜以為我娶她，只是為了兩邦之間的和平，或甚至為了保護她，雖然兩項理由都成立。我告訴她，我很期待成為她的夫君，並發誓將盡己所能，當個好丈夫，更重要的是，我希望她快樂。聽我這麼說，她似乎相信了，且稍稍放鬆了些。

兩人相處數日，我很高興葉蘇拜願陪我一起探視軍隊，並會見這城市的各方領袖。她覆著層層面紗，如雕像般靜守，但在我說話時，則用明亮的眼眸盯著我，且對一切所見所聞細細體察，充滿好奇。

我心中再次充滿希望，以為並未失去一切。我有好幾次發現葉蘇拜緊盯我裸露的胸口，尤其是我的喉部，不知她是否如我一樣，深受對方吸引。

我發現自己更常微笑了，甚至還寫了首詩，但非關我夢中的神祕女郎，而是寫給這位烏髮如瀑，容光煥發，站在月下陽台，芳顏上銀淚淌落的真實女孩。雖然我從未聽見她的笑聲，或瞭解她愛吃什麼，但當她對我綻出一兩朵美麗的笑容時，我便覺得幸運無比了。

葉蘇拜離開前，我相信我們會是合適的婚配，當我再次詢問她是否確定時，葉蘇拜答道：

「成為羅札朗家的人，是我全心所願。」

在她的催促下，文件送來了，兩人正式訂婚，我知道母親會很開心，我也一樣。目送葉蘇拜離去真是令人難捨，我們幾乎沒有時間慢慢彼此瞭解。

我知道自己得謹慎待她，放緩步調，因此我只敢極其禮貌、蜻蜓點水式地輕吻一下她的手背。希望有朝一日，她能自在地容許我將她抱在懷裡，與她擁別。

目送車隊離去，想到自己剛剛才訂婚，我們分離的時間超過所願，在兩人相處的短暫時間裡，我只知葉蘇拜有如一匹羞怯的母馬，需不停地哄著，我擔心兩人分離太久，辛苦建立的小段進展又將歸零。要讓這場脆弱的關係退回初見面時的冷淡太容易了。

就在那時，我決定寫信給她，必要時每日書寫。我若無法親身陪她，便在書信裡對她坦承自己的靈魂，那麼也許等我們再次聚首時，便會覺得心靈之間的鴻溝，不那麼難以跨越了。

搶先看《白虎之咒第五集》

（摘錄）

序　灰燼

她心臟急跳，如橫在面前的溪流般翻攪、狂擊，她細緻的四肢抽顫不已，月光映在她身上，我看見她脈搏賁張，眼神來回飄動，對危險額外警醒。我從林子的陰影中監視她，像一縷欲置她於死地的黑色幽靈。她抬起鼻子在空中又嗅了一次，緊張地低下頭去飲水。

我從隱身處一躍而出，竄過長草矮叢，流星般地縮短彼此距離，我的爪子擦過一根橫出地面的纏根，她聽見聲響了。

鹿兒迅速往左邊一跳，我飛撲過去，但利牙僅咬到她厚實的冬毛。鹿隻發出害怕的驚叫，我全力追殺，血液急衝，數月以來不曾如此充滿活力。

我再度撲擊，用兩爪死纏住她躍起的身軀。她在我身體底下掙扎，當我咬住她脖子時拚命騰踢。我利牙一沉，切入她的氣管，咬斷氣管雖令她窒息，但我認為那是一種更溫和，更具人性的獵殺方式，然而我突然間覺得自己才是那漸漸被悶死的人。

狩獵時的瘋狂逐漸消退了，我再次感到一股不斷威脅著要吞噬我的空虛，它緩緩地窒息我、殺害我，一如我奪走鹿隻的性命。

我張嘴抬起頭，鹿隻發現狀況有變，立即衝入溪裡，將背上我的甩開。當她鑽入樹叢底下時，冰冷的溪水淹沒我厚厚的絨毛，那一瞬間，我好想把水吸進來，一死百了，忘卻我的記憶，拋開無止境的失望，遺忘我的夢。

如果死亡能如此慈悲就好了。

我慢慢離開小溪，爪子上沾滿了跟心情一樣沉重的泥塊。我氣餒地甩開絨毛上的水，徒勞地試圖清除爪間的溼泥，這時我聽到女子的高聲大笑。

我扭頭看到阿娜米卡蹲在樹枝上，肩上揹著一把金弓，背上綁了一袋銀箭。

「那是我見過最可悲的狩獵。」她揶揄道。

我輕聲低吼，但她不理會我的警告，繼續批道：

「你挑了森林裡最弱的動物，結果還是沒法制伏她，你這算哪門子老虎？」

她迅捷地躍下粗枝，身穿綠衣的阿娜米卡大步邁向我，一雙長腿令我一時看花了眼。接著她又開口，插著腰說：

「你若餓了，我可以幫你把鹿獵下來，反正你也弱到殺不了她。」

我嘟囔著背對她，大步慢慢往另一個方向跑開，但她很快地追上來，即使我躍過樹林，仍緊跟著我的速度。等我發現擺脫不了她後，便停下來改變身形。

我以人形面向她，不悅地低聲吼說：「妳幹嘛非跟著我不可，阿娜米卡？我整天跟妳困在這裡還不夠嗎？」

她瞇起眼，「我還不是被困住了。」她舌頭有些打結，因為對她而言，這是新的說法，「我們彼此被綁在此地，不同的是，我不會浪費生命，去渴盼某種我永遠不該擁有的東西！」

「妳根本不懂我在渴盼什麼！」

阿娜米卡聞言挑起一邊眉頭，我知道她在想什麼，事實上，她瞭解我渴望的每件事。身為杜爾迦的老虎，意味著我們每回化身杜爾迦與達門的形態時，便會心意相連。我們試著給彼此空間，但對彼此的瞭解，卻遠遠高出本人願意談論的範圍。

我知道她非常思念她哥哥，而且她痛恨扮演杜爾迦的角色。由於阿娜米卡對權力無欲，反而使她成為女神的不二人選。她絕不會濫用武器或將達門護身符挪作私用。那點我十分佩服她，雖然我打死也不會承認。

過去六個月，我還發現她其他令我尊敬的特質。阿娜米卡在解決紛爭時，十分公允、睿智，她永遠先考慮別人，且比我認識的多數男人更擅用武器。她應該有位能支持她，幫她分憂解勞的同伴，那應該是我的職責，但我卻經常耽溺在自憐的情緒裡。我正想道歉，她卻又開始惹我生氣了。

「信不信由你，我跟著你到處跑，不是為了讓你難過，我只是想確定你不會傷害自己。你老是心神不定，這表示你很容易遇到危險。」

「傷害我自己？傷害我自己！我不可能受傷的，阿娜米卡！」

「你過去六個月都在受傷狀態，達門。」她沉聲說：「我拚命對你耐住性子，可你卻不斷展現出這種……脆弱的狀態。」

我怒氣沖沖地逼向她，手指戳向她鼻子旁邊的空氣，有效地忽略布在鼻子上，那幾乎看不見，卻可愛迷人的雀斑，以及令男人無法抗拒的長睫綠眸。「安娜，咱們先把兩件事講清楚。首先，我的情緒是我的私事，第二……」我頓了一下，聽見她吸口氣，擔心自己嚇著她了，便退後一步，不再怒吼。「第二，在公開場合中，我是達門，但私底下請喊我季山。」

我背對她，把手放到附近的樹幹上，讓老是被她激起的怒火滅為餘燼。我專心放緩呼吸，沒發現她走近，直到她把手搭到我臂上。阿娜米卡的碰觸總會從我膚上傳來暖熱的酥麻，這是我們彼此相通的一環。

「我很抱歉……季山。」她說：「我無意惹你生氣，或掀動你混亂的心情。」

這回我並未被她的話惹到，只是苦澀地大笑說：「我會努力讓我『混亂的心情』保持平靜，還有，妳若能不再糾纏虎兒，虎兒便不會隨便對妳露出利牙了。」

她默默打量我片刻，然後從我身邊走過，挺直腰背地折回我們的家。她的喃喃自語隨著她越過林間逐漸滑落，但我還是聽到一句「我才不怕他的利牙」。

放她獨自回家，令我有些罪惡，但我看見她戴了達門護身符，知道世間沒有什麼可以傷她。阿娜米卡離開後，我伸著懶腰，考慮要不要回家，那也算兩人共有的地方，或者該待在森林裡過夜。我剛決定找塊平整的草地睡覺時，身體突然一僵，察覺到另一個人的存在。誰會在這兒？獵人嗎？還是阿娜米卡回來了？

我慢慢繞圈，靜悄無聲，等我終於轉過背後，我往後一躍，心臟因震驚而衝跳。

一名矮小的男子站在我面前，彷彿憑空出現，實際也很可能如此。月光在他童禿的頭頂上泛光，男人移動時，腳上的涼鞋踩著草地。自從我將未婚妻——一名我愛她勝過生命的女孩——讓給我哥哥的那天起，我就沒再見過僧人了。那天我眼睜睜看著自己的夢想、希望與未來躍過一團旋火，然後消失，像盞油枯火盡的燈般熄滅了。

之後我便一蹶不振。

「斐特，」我單刀直入地問：「什麼把你吹來我的地獄？」

男人搭住我的肩膀，用一對清亮的棕眼望著我。

「季山，」他肅然道：「凱西需要你。」

附錄 深入討論《白虎之咒》系列

1. 伊莎捨命陪葉蘇拜，她的犧牲可值得？
2. 羅克什拿女兒洩憤，且不斷威脅她。羅克什為何還讓她活命？
3. 你覺得葉蘇拜去國王的盛會時，明知父親偏好紫色，為何還要戴金色面紗？
4. 葉蘇拜繼承了父親的魔力，但她父親並不懂醫治或隱形，葉蘇拜的力量為何不同？
5. 國王宣布要嫁掉葉蘇拜時，她有何感受？原因為何？
6. 花與花園是本書的一項主題，葉蘇拜自比為不見天日的花朵。葉蘇拜與花之間，還有其他比喻嗎？
7. 葉蘇拜與父親來到布里南皇宮時，經過了三道由動物守護的石門——猴子、老虎與大象。所有這些動物在《白虎之咒》系列中都出現過，你可留意到還有任何其他重現的象徵或資訊？
8. 羅克什在布里南國王的空中花園中與季山碰面，羅克什真正的目的是什麼？表象之外還暗藏玄機嗎？
9. 在前傳中，黛絲琴和阿嵐、季山兄弟與以前的描述可有不同？哪裡不同？
10. 鯉魚躍龍門的故事對葉蘇拜具有重大啟示，你認為她真的有資格獲得神明的賞賜嗎？

11. 葉蘇拜覺得自己若不曾出世，羅札朗家族和世界會過得更好。假如沒有葉蘇拜，《白虎之咒》會有何不同？
12. 前傳的主題之一是「子肖其父」，葉蘇拜註定要像她父親那樣成為壞人嗎？葉蘇拜與羅克什有何不同？
13. 阿嵐說，羅克什是條蜷伏的眼鏡蛇，他的毒液侵入他們所有人。這句話的真實性何在？
14. 《白虎之咒》的主旨是真愛需付出犧牲，葉蘇拜真的愛季山嗎？季山真的愛葉蘇拜嗎？他愛凱西嗎？經過葉蘇拜的事後，季山有何改變？
15. 凱西和葉蘇拜的異同處？
16. 開場詩〈殤逝〉反映葉蘇拜的故事嗎？怎麼說？她的死亡「慈悲」嗎？
17. 你認為本書結尾，葉蘇拜為何無法治癒自己？原因是否不止一項？
18. 杜爾迦讓葉蘇拜活著時問了一個問題，是什麼問題？為什麼那麼重要？
19. 杜爾迦應該有卡曼達水壺，可以救葉蘇拜，但杜爾迦為何不救她？
20. 葉蘇拜與你想像的是否不同？你比之前更喜歡或討厭她？為什麼？

致謝

我想感謝幾位協助我籌劃並分享此書的人。首先我要感謝我的經紀人Alex Glass，謝謝他不厭其煩的支持與努力，我想寫這本書時，他幾乎跟我一樣興奮。

再度感謝Cliff Nielsen美麗的繪圖，跟你工作充滿了激盪與歡樂。

萬分感謝初期的試讀者，我的姊妹，Linda、Shara與Tonnie。我媽媽，Kathleen。我兄弟Jared與他太太Suki，還有我的朋友Linda。你們太棒了，而且總是樂意抓起槳，助我一臂之力。

非常謝謝我的校訂編輯，Blue Otter Editing公司的Amy Knupp，以及Trident Media Group的電子出版小組，Elizabeth Parks、Emily Ross、Lyuba DiFalco，以及Nicole Robson。真該為各位舉行一場派對。

最後，我要為所有讀者粉絲、推特客及部落客起立鼓掌，他們不斷地求我寫些跟白虎系列相關的東西。這部就獻給各位了。

白虎之咒 . 前傳 , 王子的婚約 / 柯琳 . 霍克 (Colleen Houck) 著 ; 柯清心譯 . --
初版 . -- 臺北市 : 大塊文化 , 2016.01
面 ;　公分 . -- (R ; 69)
譯自 : Tiger's promise
ISBN 978-986-213-672-0(平裝)

874.57　　　　104025726

LOCUS

LOCUS

LOCUS

LOCUS